Palavras Envenenadas

MAITE CARRANZA

Palavras Envenenadas

Tradução
Carla Raqueli Navas Lorenzoni

Copyright © Maite Carranza, 2010
Copyright © Ed. Cast.: Edebé, 2010
Copyright © 2011 Editora Novo Conceito
Todos os direitos reservados.

Essa é uma obra de ficção. Os nomes, personagens, lugares e acontecimentos descritos são produtos da imaginação do autor. Qualquer semelhança com nomes, datas e acontecimentos reais é mera coincidência.

Nenhuma parte desta publicação poderá ser reproduzida ou transmitida de qualquer modo ou por qualquer meio, seja este eletrônico, mecânico de fotocópia, sem permissão por escrito da Editora.

2ª Impressão - 2011

Produção Editorial	Equipe Novo Conceito
Tradução	Carla Raqueli Navas Lorenzoni
Preparação de Texto	Maria Dolores D. Sierra Mata
Revisão de Texto	Luciane Helena Gomide e Valquíria Della Pozza
Diagramação	Nhambikwara Editoração
Capa	Equipe Novo Conceito
Foto capa	David De Lossy

Obra ganhadora do Prêmio Edebé de Literatura Juvenil
Este livro segue as regras da Nova Ortografia da Língua Portuguesa

Dados Internacionais de Catalogação na Publicação (CIP)
(Câmara Brasileira do Livro, SP, Brasil)

Carranza, Maite
 Palavras envenenadas / Maite Carranza ; tradução Carla Raqueli Navas Lorenzoni. – Ribeirão Preto, SP : Editora Novo Conceito, 2011.

 Título original: Palabras envenenadas.
 ISBN 978-85-63219-25-1

1. Ficção espanhola I. Título.
11-00862   CDD-863

Índices para catálogo sistemático:
1. Ficção: Literatura espanhola   863

Rua Dr. Hugo Fortes, 1885 – Parque Industrial Lagoinha
14095-260 – Ribeirão Preto – SP
www.editoranovoconceito.com.br

Às mulheres que sofrem.

Índice

PRIMEIRA PARTE:
A garota que assistia a *Friends* 9

SEGUNDA PARTE:
Às escuras 115

TERCEIRA PARTE:
O mal de Molière 195

AGRADECIMENTOS 253

PRIMEIRA PARTE

A garota que assistia a *Friends*

O dia em que completei 19 anos foi como qualquer outro. Claro que tinha consciência de que estava ficando um ano mais velha, mas não fazia diferença, afinal, fazendo um balanço do próximo ano que tinha de comemorar, era exatamente igual ao ano anterior, ou seja, desnecessário. Apesar de tudo, tentei ver o lado positivo e acabei concluindo que valia a pena fazer aniversário, pois, no mínimo, ganharia um presente. No entanto, dispensei as velinhas, pois me trazem saudades, recordações e o compromisso pessoal de ser feliz. Uma estupidez. Não quis dar um peso especial à data porque minha vida não era digna de fogos. Mantive a minha rotina: levantar, fazer exercícios, tomar banho, tomar o café da manhã, estudar, comer, assistir um pouco de televisão e esperar a visita surpresa com um sorriso. Não foi difícil, pois me conformo com pouco.

Uma semana antes ele me perguntou se eu tinha algum capricho ou desejo especial. Sei que estava disposto a me presentear com qualquer coisa, um vestido, um par de sapatos, um iPod. Mas o que eu queria não podia ser comprado.

Pedi, então, que me levasse à praia. Sonhava em saltar no mar de cima de uma rocha, mergulhar com os olhos bem abertos, nadar *crawl* até ficar sem fôlego e descansar flutuando sobre as cristas de espuma das ondas. Queria me sentir leve, desaparecer como um peixe e me perder no horizonte até que meu corpo branco fosse apenas um ponto distante que salpicasse a monotonia do azul.

Ele me disse que talvez algum dia, e me presenteou com a nona temporada de *Friends*.

Admito que alimentou minhas esperanças.

1. Salvador Lozano

O subinspetor Lozano está parado diante da porta do apartamento da família Molina, recuperando o fôlego. Vestiu-se com o blazer cinza que estreou no casamento de seu filho, há sete anos e com a gravata de seda com brilhos avermelhados. Sente-se incômodo e no último momento tem a impressão de que talvez a gravata seja muito extravagante. Sempre sofre por causa de suas roupas. Ao levantar o braço para tocar a campainha, descobre que suas mãos estão suando. Não gosta de visitar ninguém sem justificativa, mas deve fazer isso. Trata-se de uma visita de cortesia. Caso não a fizesse acabaria lamentando por ter deixado essa porta aberta e o preço seriam várias noites de insônia. Enxuga as palmas das mãos com um lenço de papel que encontra no bolso da calça, está ofegante. Em razão do peso e da idade, custou-lhe subir os três andares, mas é um homem decidido e, por maior que seja a angústia que a situação cause, precisa dar uma explicação à família Molina. Não podem saber por intermédio de terceiros, e o telefone é, sem dúvida, um meio de comunicação frio. Sendo assim, limpa a garganta como faz antes de um interrogatório e aperta firmemente o interruptor da campainha. Ele se sente responsável por esse caso, fala para si mesmo enquanto espera que abram a porta, do pesadelo que um dia os surpreendeu e a traição que lhes foi roubando a vontade de viver, são como doentes terminais que contam os dias. Mas mesmo assim, às vezes, é possível notar no fundo de seu olhar uma faísca de esperança disposta a brilhar com qualquer pista. Esperam um milagre, um corpo.

Ninguém abre a porta, talvez não estejam em casa. Volta a tentar e, desta vez, deixa que o timbre soe, estridentemente, por um bom tempo.

Enquanto procura ouvir qualquer barulho que venha do outro lado, pensa que talvez os tenha decepcionado. Tudo está silencioso. Não deve ter ninguém em casa. Enquanto espera, enumera – mentalmente – uma bolsa abandonada, um caso arquivado sem corpo, um número de processo esquecido e a fotografia de uma garota sorridente que está amarelando dentro de uma pasta repleta de papéis inúteis, abarrotados de declarações inúteis, perdidos entre pistas inúteis. Sem nenhum indício.

De repente, alguém abre a porta, desconfiada, protegida atrás de uma correntinha de segurança. De dentro, da escuridão de um saguão inóspito, uma voz pergunta quem é. É a voz de Nuria Solís.

Os Molina vivem em um apartamento do Ensanche[1] de Barcelona, decorado com discrição, sem ostentação ou dissonâncias, de cores claras e moderação oriental. Antes era confortável, mas, pouco a pouco, foi se tornando um espaço obsoleto. As paredes com as pinturas descascadas, os móveis cobertos pelo pó, a persiana da sala de jantar quebrada há dois anos, sem que ninguém ainda a tenha consertado. A cozinha é fria, funcional, das que atendem às necessidades básicas. Nunca

---

[1] Ensanche: bairro nobre de Barcelona. (N. da T.)

cheira a refogados nem a caldos. Às vezes, ele tem a impressão de que está visitando a casa de mortos-vivos que morreram há quatro anos e que se mantêm artificialmente com vida. Os garotos são calados, discretos e medrosos, impróprio para a idade. Os gêmeos, desengonçados e tímidos, completaram 15 anos, a mesma idade de Bárbara quando desapareceu, mas é como se não existissem. Passam despercebidos, falam por gestos e desviam o olhar quando há visitas. Aprenderam a não incomodar a dor de seus pais. Tiveram a infância interrompida.

Nuria Solís o recebe sempre com a mesma pergunta: "Encontraram Bárbara?". Não há nada mais desanimador que um não, mas já não há mais perguntas.

— Vim me despedir – Nuria Solís demora a reagir, como se não tivesse entendido. E nada de convidá-lo a entrar. Tirou a correntinha da porta, mas ficou paralisada, como se tivesse levado uma bofetada.

— Para se despedir? – repete sem acreditar. Salvador Lozano, calmamente, fecha a porta e entra na sala sem ser convidado.

— Seu marido está?

Nuria Solís tem 43 anos e é enfermeira. Quando Salvador Lozano a conheceu, tinha 39 anos e era uma mulher linda. Agora, seu cabelo já está grisalho, veste-se de forma descuidada e respira por obrigação.

— Não, não, ainda não chegou, está trabalhando – responde. "É o normal", pensa Lozano. Pelas manhãs as pessoas costumam trabalhar, como ele, que está cumprindo com sua obrigação, entretanto, em seu caso, lamentavelmente, talvez seja pela última vez.

— Se estiver de acordo, então explico para a senhora – senta-se e pede a ela que também se sente, como se estivesse em sua própria casa, e não o contrário. Nuria Solís, obediente, senta-se e escuta – ou finge que escuta. Faz tempo que ouve a mesma resposta para uma única pergunta e, uma vez formulada, desconecta-se e deixa que as palavras fluam e se percam.

— Amanhã completarei 65 anos, esperei até o último dia, mas devo aposentar-me – comunica-lhe sem pestanejar. "Quanto antes, melhor, assim não há mal-entendidos", pensa. Ela olha Lozano com olhos deslocados e o rosto misterioso, tanto que não consegue entender se compreendeu sua simples explicação. O subinspetor confirma que preferia falar com Pepe Molina.

— Isso quer dizer que não irão procurá-la mais? – pergunta Nuria lentamente.

— Não, não – apressa-se Lozano. – Agora o caso estará sob responsabilidade de meu substituto. Ele será o novo encarregado da investigação e manterá contato com vocês.

Nuria parece aliviada por alguns minutos, mas logo se altera.

— Quem é a pessoa? – o subinspetor tenta ser convincente, mas sua voz soa falsa.

— É um jovem entusiasmado, muito bem preparado, o subinspetor Sureda. Estou certo de que terá mais sorte do que eu tive – desejou dizer profissionalismo, mas não quis mentir. O futuro subinspetor Sureda, que acabou de completar 31 anos e tem um futuro brilhante, pode contribuir com entusiasmo, mas não com profissionalismo.

Nuria, atordoada, cala-se. Talvez esteja refletindo sobre essas dúvidas que ele não apresentou. É uma mulher assustada. Quando está com seu marido não tem interesse em conversar, deixa que ele conduza a conversa. Ele não se deixou abater a tal ponto. O marido perdeu a força dos primeiros meses, a força da obsessão por encontrar Bárbara que, inclusive, levou-o a interferir nas investigações, mas agora já está mais calmo e resignado com a perda. Tem um temperamento bem diferente. Sofre com dignidade, enquanto ela adoece em razão da falta de dignidade. Lembra um pintinho molhado na chuva. Nuria Solís se acomoda e se rende a seus pensamentos. Nada mais lhe importa. Já não se preocupa em agradar os outros. Gostaria de a ter conhecido antes de perder a filha e a vontade de viver. A incerteza lhe absorveu a sensatez.

Nuria Solís não disse nada e se remexeu, inquieta, na cadeira. É evidente que lhe falta algo.

— Teria de falar com meu marido – diz bruscamente. — Ele tem a cabeça no lugar – admite. O subinspetor Lozano pensa o mesmo, mas reconhece que seria uma indelicadeza de sua parte corrigi-la, afirmando que ela é uma interlocutora tão importante como o marido. No entanto, Nuria já havia se levantado, pegou o celular que estava sobre a mesinha e fez uma ligação.

— Pepe? – exclama com voz chorosa. Sua expressão muda enquanto o escuta. — Não, desculpe-me, sei que está trabalhando, mas o inspetor Lozano está aqui – fica calada e trêmula por alguns segundos e volta a falar com voz insegura, a mesma insegurança com que enfrenta o inacreditável vazio de uma ausência. — Não, não há nenhuma novidade sobre Bárbara – esclarece. — Mas ele queria se despedir de você, pois está se aposentando. Está certo – conclui, depois de uma longa explicação do marido. Sua expressão ficou mais relaxada, provavelmente seu marido tenha dado uma solução ao problema que era incapaz de resolver sozinha. Terminou a ligação com uma luz nos olhos, aliviada por ter se desfeito de um peso imprevisto. — Ele disse que irá vê-lo pessoalmente – o subinspetor sabe que o fará, pois é um homem de iniciativa e com a agenda organizada. É representante de joias. Sabe como tratar seus clientes e organizar seu tempo. Apesar de viajar constantemente, organiza-se para estar com a esposa e os filhos e cuidar da família. Dedicou sua atenção inclusive ao cachorro, que tiveram de tirar de casa, pois fazia com que se lembrassem muito de Bárbara. É um homem enérgico, dinâmico, que encabeçava as manifestações pela filha sempre na primeira fila, cartaz nas mãos, incansável.

Levanta-se. Não há motivos para prolongar a visita. Já está tudo dito e, além do mais, Nuria esqueceu as regras elementares de etiqueta e nem sequer ofereceu um cafezinho. "O pior momento já passou", fala para si mesmo, relaxando. Caminham em silêncio até a porta e, de repente, antes de abri-la, Nuria para, vira para o policial e o abraça. Lozano não sabe como reagir e fica parado, com os braços caídos. Aos poucos se deixa contaminar pela emoção e a envolve, protegendo-a com sua afetuosa benevolência. É frágil como uma menina, uma menina maltratada. Ficam assim, abraçados, como em uma última despedida.

— Obrigada – murmura Nuria. E se separa dele, deixando em seu peito uma suave sensação de que se dissolveu a acidez de seu fracasso. Devolveu-lhe com simplicidade o agradecimento que os policiais nunca esperam, mas que sempre desejam. Entendeu o esforço que fez para ir até a sua casa para despedir-se. Sabe que para ele também não é agradável a ideia de abandonar o caso de Bárbara, de passá-lo a outros que mexerão em lembranças com entusiasmo, mas sem uma pitada de delicadeza.

Com a porta entreaberta, ela sorri entre lágrimas e, por alguns instantes, ele pode intuir que seu sorriso, anteriormente, era radiante e vivo, como a da fotografia de Bárbara que ele olhou tantas vezes.

2. Nuria Solís

Nuria anda pelo apartamento como uma alma penada. A visita do subinspetor a deixou angustiada. "Não", diz a si mesma, "não é preciso buscar desculpas." Convive há muito tempo com a angústia, mas, às vezes, torna-se tão dolorosa que sente como se fosse uma faca arrancando a pele. Assim como agora, quando essa angústia a deixou sem ar e a levou a abrir a porta do quarto de Bárbara. Está intacto, tal qual deixou há quatro anos. É a única parte da casa que limpa regularmente, como um santuário. Tira o pó das estantes, varre o chão e passa um pano em cima da mesa. Antes, fechava-se no quarto para beber sozinha. Ela, a garrafa de Torres 10 e o cheiro do perfume de Bárbara. Cercada de suas fotos, de seus livros, dos brinquedos de quando era criança. Saía alterada e demorava semanas para voltar a levantar a cabeça. "Você não se controla", dizia Pepe a Nuria. E, ainda que no início negasse, acabou por admitir. Estava se deixando levar por uma espiral de autocomiseração destrutiva. A precisa análise foi feita por um psiquiatra, que lhe receitou remédios. Remédios para levantar, remédios para andar, remédios para dormir, remédios para viver. Acreditava que eram muitos remédios, que lhe tiravam a raiva e abafavam seus gritos. Mas, também, apagavam a dor. Vivia apaticamente, mas quando não tomava os remédios propositalmente, Pepe a repreendia e a obrigava a tomá-los. "Você precisa aceitar que está doente."

Agora convive com os remédios, esqueceu as ilusórias taças e já não pensa com tanta frequência em suicídio.

Mas não está bem.

Não estará nunca.

Carrega penosamente suas obrigações. Depois de seis meses de licença, voltou ao trabalho. É enfermeira e cobre o período noturno no Hospital Clínico. "Você não deve perder esse emprego", aconselhou Pepe, "fica perto de casa, o trabalho vai te distrair." Tanto faz, assim não tem insônia, não tem de lutar com as horas escuras, intermináveis, escutando o tic-tac do despertador e os roncos de Pepe. Quase não dorme. Ao voltar para casa, pela manhã, prepara o café dos gêmeos, os acorda, e eles se despedem. Em seguida, deita-se e finge que descansa, mas não pode se desconectar. Bate a cabeça contra o travesseiro, fecha os olhos e, em seguida, volta a abri-los. Tem palpitações, e o coração, descontrolado, bate como quer. No hospital há pouco trabalho no período noturno. Foi escalada para trabalhar no andar da ginecologia, e as companheiras, solidárias, compreensivas, explicam tudo, comemoram os aniversários com doces e cava[1] e a abraçam maternalmente para afugentar a tristeza. Os abraços a confortam e, às vezes, na companhia delas, sente-se como antes, uma mulher forte, pragmática e decidida. Uma mulher que poderia ter ido longe se tivesse desenrolado, pacientemente, o novelo de seus sonhos, puxando o fio de ir viver no campo, o de comprar um furgão

---

[1] Cava: vinho espumante. (N. da T.)

para viajar pelo mundo, ou o de concluir a faculdade de medicina, que abandonou quando Bárbara nasceu. Porque Nuria almejava projetos ambiciosos que foram abandonados com a maternidade e desapareceram completamente com a catástrofe do desaparecimento da filha. Antes tinha responsabilidades, prestígio e muitos pontos para alcançar a chefia do setor de enfermagem. A vontade que tinha, quando jovem, de subir montanhas, escalar paredes e descer pistas de esqui nos Alpes, transformava-a em uma valente jovem e agora é uma lembrança difusa, é o que trazem as fotografias do passado que parece pertencer a outra pessoa, a uma alegre e valente estudante de medicina, a garota por quem Pepe se apaixonou. Agora já não tira fotos. Não quer ver a imagem da mulher que busca um objetivo. O trabalho é atraente e, às vezes, até se esquece de Bárbara. Há momentos em que a urgência de salvar uma vida apaga, por um instante, a própria agonia. Assistiu a mastectomias, cirurgias de trompas e ovários, e, também, viu jovens garotas morrerem. E, nesses momentos precisos, sabe que há sofrimentos como o seu. Mas esse sentimento dura pouco, e depois vai embora e, de volta para casa, novamente o chão se abre sob seus pés. Não há nada pior do que conviver com a incerteza, lamenta. Os vivos enterram os que faleceram e choram. Levam flores na sepultura e fazem visitas no dia de Finados. Mas ela não sabe se Bárbara está viva ou morta. Não sabe se deve chorar e passar pelo período de luto ou se deve manter viva a chama da esperança. Esta dúvida, este ir e vir constante, foram-na corroendo. Contudo, é orgulhosa e não suporta que tenham pena dela. Abomina a compaixão e por isso não pisa em lojas. Vai somente do hospital para casa. Nunca mais voltou a pôr os pés na escola dos gêmeos, a mesma que Bárbara frequentou durante 12 anos. Não quer falar com ninguém e, sobretudo, não quer ver as mães acompanhadas de suas filhas. A única vez que foi às compras com Pepe, via mães e filhas por toda parte, obsessivamente: escolhendo sapatos, olhando brincos, provando camisetas ou rindo na fila do açougue. Foi como um golpe no estômago. "Não posso, não poderei, não poderei fazer isso nunca! Bárbara não está aqui", repetia no carro, agitada pelo choro, vítima de uma crise histérica. Até que Pepe lhe deu uma bofetada. "Eu não voltarei nunca mais", jurou a si mesma.

Poupa-se. Pepe se encarregou das compras semanais, de ir passear com o cachorro, e passou a se ocupar da logística. Nos primeiros dias, Nuria sempre via o cachorro de Bárbara farejando e latindo com lástima diante do quarto vazio. — Leve-o daqui – suplicou, desesperada. E Pepe colocou o cachorro no carro e o deixou na casa do Montseny. Está muito agradecida, porque não lhe parece necessário pensar. Perdeu o costume de pensar, de decidir, de escolher. Faz aquilo que lhe dizem para fazer e basta. Não pode tomar decisões e aceita isso. Diferente, Elisabeth, sua irmã, ainda não entendeu. — Você não se dá conta de que você não é assim? – dizia a irmã. — Reaja, por favor, grite, dê um murro na parede, faça alguma coisa. "Elisabeth é como uma criança", pensa Nuria, frequentemente. "Agarra-se às imagens da infância e resiste em aceitar as mudanças. Também não aceitou seu casamento e sua maternidade, pois significavam renúncias, as renúncias da maturidade. Pensava que sempre seria uma inconsequente, seguindo montanha acima, sem desfalecer. Elisabeth desejava ter sempre a mesma irmã mais velha que não tinha medo de escuro, que cantava músicas e segurava sua mão à noite. Não se conforma com sua negligência. Deve ser autônoma", insistia. "Autônoma para quê?", perguntava-se Nuria. "Por que teria de querer ser autônoma se não tenho nenhum desejo?" As pessoas que estão vivas não podem aceitar que os demais desistam, são um incômodo. Iñaki, o cunhado, convidou-a três verões seguidos a navegar no veleiro. "O mar te fará bem, a brisa e os banhos te animarão." Ele é basco, vivaz e não pode viver sem o mar. Mas, para ela, parece indiferente, como tantas e tantas outras coisas. "Você precisa de férias", insiste Iñaki, quando a convida. Férias para quê? Será que não percebe que para ela os dias são todos iguais? Todos são uma clausura, esteja onde estiver. Está condenada a sofrer eternamente. Se ela pudesse saber, pelo menos, se a filha está viva ou morta, poderia desatar o nó que carrega no peito e que, às vezes, não a deixa respirar. Onde está? Está? Não está? Como deve se lembrar dela? Viva ou morta?

Tem dias em que o cadáver de Bárbara a visita como um pesadelo recorrente. Em outros sonha com ela rindo, com o nariz sujo de sorvete de chocolate e baunilha. Mas, já em outros dias, os mais recorrentes, pressente que ela sofre, sozinha, e essa impotência a tortura.

Bárbara, quando criança, era dela. "Minha menina", cochichava ao ouvido da filha enquanto dormia chupando o dedo. Iam juntas a todos os lugares. "Tenho um chiclete de menta grudado", brincava com as amigas. "Vejam, chama-se Bárbara. "Eu não sou um chiclete de menta, sou uma garota de morango", retrucava, ofendida. Alegre, astuta, esperta. Bárbara cresceu com esses adjetivos. Começou a falar muito cedo e tentava falava tudo com sua língua de trapo. Às vezes, envergonhava a mãe no elevador ou nas consultas médicas.

— Olha, mãe, ela pinta o cabelo.

— Sim, nenhum problema, eu também.

— É, mas o dela está feio, dá para ver a raiz, e no seu não.

Histórias para serem contadas durante o jantar, em meio a risadas, que se multiplicaram com o nascimento dos gêmeos. Bárbara tinha 4 anos quando eles nasceram, e foi visitá-los no hospital. Nuria os mostrou a ela, emocionada. "Olha que bonecos lindos!" Bárbara os observou, circunspecta, fez algumas gracinhas, abriu a porta do armário e disse muito séria: "Agora já podemos guardá-los, amanhã eu brinco um pouco com eles".

Queria ter se agarrado à infância de Bárbara, mas passou muito depressa e ela, enquanto isso, estava de mãos e pés atados com os gêmeos, sempre vivendo quase tocando o solo, com a cabeça baixa e com dor nos rins. Então, Bárbara ficou mais ligada a Pepe. Ele fazia cócegas, dava-lhe banho e a levava ao parque. Entendiam-se tão bem que preferiu não interferir. Quando se deu conta, Bárbara já parecia uma mulher, e Pepe começava a sentir-se descontente com sua rebeldia incipiente. Aos 12 anos, Bárbara era uma garota alta e desbocada, que não se intimidava diante de nada ou de ninguém. Pepe não assimilava isso, mas, para Nuria, ao contrário, era engraçado. As desavenças sobre a educação dos filhos afloraram. Pepe se esforçava para corrigir seu comportamento, mas Nuria a incentivava. Não sabia pôr limites em Bárbara, não sabia dizer não, nem chamar sua atenção seriamente, pois sem querer ria pelo nariz e a aplaudia por ser ousada. Não soube prever os perigos de seu desenvolvimento. Aos 12 anos Bárbara se alimentava do mundo e, mesmo que tudo lhe parecesse bem, Pepe, mais sensato, não estava de acordo. "Esta menina não vai para Bilbao no próximo verão", decidiu taxativamente uma vez, quando Bárbara voltava do norte. Foi a briga mais ácida, a mais desagradável que tiveram antes que tudo começasse. Bárbara sempre passava parte das férias com os tios. Eles a levavam à praia, para navegar, mergulhar e praticar surfe. Iñaki e Elisabeth, mais jovens e permissivos, deixavam-na dormir tarde, praticavam nudismo e faziam outras coisas que Pepe não aprovava, mas que Nuria, talvez mais tolerante, tentasse amenizar. Discutiu, discutiu, mas Pepe estava obcecado, e Bárbara ficou sem férias no norte.

Pensou mais de uma vez naquele episódio sombrio e desagradável. Quis esquecer, também, aquilo que lhe explicou certa vez Elisabeth, talvez não tenha sido mal-intencionado, mas foi motivo de discussão entre as irmãs. Ficaram estremecidas por dois meses, negava-se a falar ou telefonar para ela. Nunca comentou isso com ninguém. Doía-lhe tanto que não teve forças para comentar com o subinspetor Lozano. Não queria que ele se interasse por suas intimidades. "Roupa suja se lava em casa", dizia sua avó, sensatamente. Desprezou o intrigante comentário de Elisabeth talvez porque não acreditasse naquilo, ou porque a imagem de seu cunhado Iñaki, antes impecável, tivesse ficado ligeiramente manchada e não conseguiu, por mais que tentasse, restaurar a aura de honestidade e integridade que sempre teve para ela.

"Por que se calou?"

Por medo. Porque Pepe teria rompido definitivamente as relações com os familiares. Nuria preferiu suportar sozinha o desgosto e fingir que não via, esta sempre foi a sua tática. Para evitar sofrimentos, fechava a boca e caía na armadilha do sentimentalismo. Ela se via refletida nas lágrimas de Bárbara caindo pelo seu rosto, assustada pela rigorosa disciplina que o pai tentava impor. "Não conta para o papai, por favor, por favor. Ele vai ficar nervoso." Enganosas cumplicidades que começaram ao esconder do pai as notas da escola, suas escapadelas com as amigas e as roupas extravagantes. Coisas sem muita importância, a princípio, pequenas mentiras que foram crescendo com os anos, assim como Bárbara.

Ao completar 15 anos, Bárbara levava uma vida dupla, amparada pelas suas desculpas. Por essa razão, os segredos foram aumentando, e foi aumentando também a dificuldade para guardá-los. Como quando Nuria encontrou a cartela de pílulas em cima da cama de Bárbara, deixada displicentemente, à vista de todos. Nuria falou com ela, de mulher para mulher, sobre sexo e as doenças sexualmente transmissíveis, e a fez prometer que tomaria mais cuidado. Bárbara a ouviu, mas logo começou a dar desculpas para não irem juntas ao ginecologista. "Como teria agido outra mãe em uma situação como esta?", perguntava-se. Em seu caso prevaleceu o pragmatismo à custa da ética. Talvez não tenha ética, pensa às vezes. Tenha cuidado, insistiu naquele dia. Não lhe perguntou nem com quem, nem quando, nem como. Sabia que paquerava Martín Borrás, do Club Excursionista. Conversavam por telefone, viam-se, e às vezes, espiava os dois pela janela, quando ele a acompanhava de moto. Pareceu-lhe muito maduro para Bárbara. Era loiro, descarado e escapulia com facilidade. Ela não conseguiu deduzir muita coisa, porque prevaleceu a primeira impressão, ou o medo. Bárbara tapava os ouvidos quando faziam perguntas. E era melhor não comentar nada com Pepe sobre esses assuntos, pois o tiravam do sério. Nuria estava entre os dois e tinha medo deles. Sim. Tinha medo e havia sido a incentivadora da conduta de sua filha, escondendo coisas de Pepe. Para ela pareciam naturais, próprias de uma garota. Talvez não de uma garota de 15 anos, mas Bárbara aparentava muito mais, e os tempos haviam mudado. "Não havia necessidade de privá-la disso tudo", pensava Nuria, olhando-se no espelho da própria filha. Não havia necessidade de delimitar a liberdade das garotas nem determinar uma idade para as primeiras experiências sexuais. Era uma puberdade prematura. Todos diziam isso: os jornais, os médicos, os professores, e ela não via nenhum mal em se apaixonar e desfrutar de novas experiências. Talvez tenha se deixado levar pela nostalgia, ou pela estupidez, mas estava convicta de que a vida é muito curta e passa muito rápido, então Bárbara tinha direito de vivê-la.

Confundiu o desejo com a educação. Não se educa os filhos com permissividade absoluta, o psiquiatra a recriminou quando ela explicou sua culpa recorrente. Não se pode confiar no critério dos filhos quando estão em formação. Os pais devem impor limites.

E ela não soube impor.

Agora Nuria, quatro anos depois, culpa-se por ter atirado Bárbara nos braços de Martín, de ter mentido para Pepe nas noites em que dizia que Bárbara estava estudando na casa de uma amiga, de ter consentido em se transformar na testa de ferro de seus encontros, de suas saídas noturnas. Queria voltar no tempo e que tudo pudesse ser como antes. "Que antes?" Talvez quando Pepe e ela se amavam. Porque, no início, tinham se amado de verdade. Quando se conheceram, quando se casaram rapidamente, quando nasceu Bárbara. Queria uma segunda chance de educar Bárbara com firmeza, responsabilidade e determinação.

Mas era uma ilusão.

Bárbara nunca voltará, e ela jamais descobrirá as respostas aos porquês de todas as suas perguntas.

3. Bárbara Molina

Tive um impulso e escondi o celular. Foi algo instintivo. Ao ver que havia esquecido o aparelho em cima da cama, sentei-me em cima dele, fingindo naturalidade, e continuei falando como se nada tivesse acontecido. Meu coração batia acelerado, era impossível não ouvi-lo. Tum-tum, tum-tum, soava descontrolado, a ponto de sair pela boca. Mas não me movi um milímetro. "Agora me perguntará onde está o celular", ficava repetindo, "e eu fingirei que começo a procurá-lo, o pegarei e direi: — Nossa! Você o deixou cair!".

Não foi necessário representar a comédia porque ele estava preocupado e saiu correndo. "Estou com pressa", disse-me. E deve ser verdade, pois não levou a roupa suja nem o lixo, como sempre faz.

Assim que fechou a porta, não belisquei com gula a comida, nem xeretei nas roupas, nem li os títulos dos livros, nem comprovei se se lembrou da musse para os cabelos que eu havia pedido. Joguei-me ansiosa, incrédula, sobre o celular, como um flã. E se voltar de repente? Pensei. E rapidamente escondi o aparelho debaixo da almofada com um gesto amedrontado, até que ouvi o barulho do motor do carro distanciando-se. Então, respirei fundo, retirei a almofada e fiquei admirada, contemplando-o, sem me atrever a tocá-lo, com as mãos trêmulas, como quando tinha 7 anos e os Reis Magos me trouxeram a Barbie. Em seguida, o peguei com muitíssimo cuidado. Era um modelo Nokia, de cor preta, com rádio, câmera fotográfica, e estava ligado. Mas, mas... fiquei de pé, nervosa, apertando-o com as duas mãos e me movendo de um lado para o outro, com o coração apertado, sem ousar respirar, esperando ver aparecer a indicação do sinal de cobertura de um segundo para o outro. "Agora, talvez aqui", afirmei várias vezes. Mas foi em vão. "Não, não posso acreditar nisso! Não há cobertura!"

E de repente me dei conta de que não poderia fazer nenhuma ligação.

"Não pode ser, não pode ser, não pode ser!"

Não sei se gritei ou se pensei. Tanto faz, pois ninguém pode me ouvir. Estou em um porão de 15 metros quadrados, sem janelas, escavado no alicerce de uma casa rodeada de campos. Uma antiga adega de paredes de pedra, isolamento acústico com cortiça, blindada e a uma temperatura constante de 15 graus. Talvez fosse ideal para conservar vinhos, mas agora é minha tumba. Não há vizinhos por perto. Desapareci sem testemunhas ou pistas. Fui tragada pela terra e ninguém sabe que estou viva.

Não tem sido fácil assimilar a ideia de que fora deste esconderijo o mundo girou durante quatro anos sem mim. No início, gritava até ficar afônica e, quando doía minha garganta, dava murros nas paredes, um murro e outro. Eu me machucava até sangrarem as articulações dos dedos, e minhas mãos ficavam inchadas, escuras, cobertas de pústulas. A dor era insuportável e chorava até não aguentar mais. Mesmo assim, ninguém me tirava deste buraco, e os dias iam passando, um depois do outro, como uma guilhotina que ia decapitando minha esperança.

    É muito difícil ter de aceitar que estou sozinha, mas sei que a esta altura ninguém se lembra de meu nome. Bárbara? Bárbara de quê? O mundo, asquerosamente egoísta, não teve nenhuma consideração e me jogou na lixeira.

    Talvez seja melhor assim, sem cobertura, me consolo. Definitivamente, não poderia ligar para ninguém. Para minha família? Só de pensar minhas pernas tremem e os olhos ficam turvos. Não posso engolir a saliva. Minha boca secou e me atrapalha a língua inchada, enorme, demasiado grande para deixar passar o ar.

    Não, família não, falo para mim. Ainda que saísse daqui não poderia olhar para eles. Seria incapaz de abraçá-los e beijá-los. Não teria coragem para dizer que os amo. Ele repetiu diversas vezes que não me perdoariam, que me tirariam da vida deles, que, se soubessem tudo o que aconteceu, prefeririam que estivesse morta. Já não tenho família e não terei nunca. Se soubessem quem sou e o que fiz se envergonhariam de mim e me dariam as costas.

    Respiro devagar, sentindo dor no peito. É uma dor aguda e repentina entre as costelas, intermitente, terrível. Começou quando estudava as possibilidades de fugir. Foi na ocasião em que cavava um túnel e um dia, ao ouvir os seus passos, coloquei, atordoadamente, uma almofada em cima para disfarçar o buraco. Ou quando calculei a distância que me separava do bolso de sua calça, onde escondia as chaves e, em um descuido, as peguei. Em ambas as ocasiões, senti a mesma dor angustiante no peito. Dava para notar, estava pálida e com olheiras. "Você está tramando alguma contra mim?" Eu ficava ainda mais pálida, e ele sabia que estava certo. Ele me observava atentamente, sem tirar os olhos de mim, até que levantou a almofada e me fez abrir as mãos com as chaves. "Você chega a ser uma idiota!", dizia antes de me amarrar. "Você voltou a estragar tudo."

Por que peguei o maldito celular se não posso ligar? Sim, sou mesmo uma idiota. Não consigo esconder nada dele. É um infeliz, não sei como faz, mas sabe tudo, pressente tudo, advinha tudo. Parece que lê meus pensamentos. "Quer saber o que aconteceria com você se a polícia te encontrasse?", disse--me um dia, quando eu pensava sobre a forma de escapar. "Você não conhece a polícia. Não é como as das séries. São uns desgraçados e te tratariam como uma delinquente. Fariam você tirar a roupa para revistá-la. Os médicos usam luvas e máscaras, e colocam as mãos em todas as partes com asco." Não falam isso, mas se nota. "Coletariam seu sangue, te fariam urinar em um vaso, te fotografariam nua e colocariam suas fotos na parede, para que todos pudessem vê-las. Depois te interrogariam. Sentaria diante de um inspetor de polícia barrigudo, que te obrigaria a explicar um a um todos os detalhes escabrosos da sua vida, desde o princípio, enquanto mexeria nos dentes com um palito. Gravariam tudo, uma secretária escreveria tudo no computador e, depois de algumas horas, sua declaração passaria de mão em mão, e os policiais morreriam de rir, lendo como defecava dentro de um balde. Em seguida, a imprensa sensacionalista publicaria sua foto na primeira página e um julgamento longo, tenso e midiático te esperaria. Teria de declarar diante de um juiz, que não acreditaria em metade de suas palavras. Quer que alguém acredite em uma vadiazinha como você? Eles se dariam conta de que está louca, e o promotor clamaria aos céus contra suas mentiras."

Sei que queria me intimidar, mas sei também que, em parte, tinha razão. A polícia e os juízes sempre me provocavam arrepios, são rígidos e insensíveis. Suspiro e me sinto mais aliviada. Melhor, talvez seja melhor que não haja cobertura e que não possa fazer nenhuma ligação. Não quero ser uma notícia perniciosa. Não quero sair daqui para que todos me apontem pelas ruas porque minha foto apareceu no jornal e me cumprimentem com amabilidade hipócrita e, minutos depois, falem mal de mim na fila do caixa do supermercado. Não quero despertar compaixão nem risadas, não quero estar na boca do povo, nos sonhos perversos dos jovens, no imaginário tortuoso dos mais velhos. Não quero viver permanentemente escondida dos *paparazzi*, que são capazes de subir nos telhados, se pendurar nas janelas e se esconder nos banheiros para roubar uma foto. Por que não entraram aqui? Por que não tiveram coragem para ir até o inferno e me tirar desta prisão?

Não, digo a mim mesma, não estou preparada para sair. Diriam que a culpa é minha, que já não sou uma menina, que não tomo mamadeira. "É merecido", gritariam as mães. "Ela procurou isso, é uma irresponsável, um perigo". Não, não sou inocente. Nunca fui inocente. Quando eu queria, conquistava e gostava. E agora não me controlo, perco a cabeça e fico louca. O que faria com minha liberdade? Levaria uma porrada, como sempre. Fico apavorada em pensar no mundo que há aí fora. Aprendi a me camuflar na escuridão e não poderia resistir à luz do sol. Além disso, completei 19 anos e ainda nem acredito. Estou perdida. Já não sei como andam as garotas de 19, não sei como falam, que corte de cabelo usam, como dançam nem que tipo de roupa usam.

Não, não! Estou enganada. Quero sair daqui! Quero ver o Sol! Quero respirar!

Droga!

Deixei meu corpo cair no chão, como um pacote, com as mãos na cabeça, e aperto com força meus dentes.

Por quê? Por que tive de pegar o celular e estragar tudo? Em um segundo de impulsividade apaguei três anos de resignação. Não tinha imaginado nunca que um segundo pudesse mudar minha vida. Sinto, de novo, a raiva, o ódio, o desespero e tenho medo.

Não quero voltar a sofrer como antes. Como se faz para voltar atrás?

Tinha aprendido a sobreviver, a me conformar, a preservar a vida e a esquecer todo o resto. Quando parei de resistir, tudo ficou mais simples. "Viu, meu bem, como é fácil? Se você se comporta bem, eu também me comporto." Ele foi amável e trouxe mais comida e aumentou meu espaço. Instalou um vaso sanitário, uma ducha, me deu um espelho, livros, um MP3 com música e há dois anos me deu um leitor de DVD e alguns filmes. Ouço U2, Coldpaly e assisto *Friends*. Me fazem companhia e as horas passam mais rápido. Memorizei os episódios das oito primeiras temporadas e morro de vontade de ver as seguintes. Eles também estão fechados em um estúdio, como eu.

Quando fiz o que me pediu, quando deixei de esperar, ele se envolveu. "Te amo muito, menina. Eu não queria chegar até aqui, mas você me obrigou." É louco por nós dois. E, quando peço algo, me traz. Conseguiu, para mim, uma chapa para cabelo, creme para depilar e, inclusive, esmalte vermelho para as unhas. Ele as corta, assim como meus cabelos. Não deixa nada afiado, alegando que não quer que eu me machuque, mas talvez tenha medo de que, em um descuido, eu o machuque. Apesar de tudo, às vezes, tive alguns impulsos. Agora mesmo estraguei tudo ao pegar este celular. Estou arrependida. Como estou arrependida! Não me controlo. Por isso me tirou o espelho, para que não me cortasse com os vidros. Há um ano não sei que cara eu tenho. Imagino como esteja a partir do desenho de meu perfil no fundo de um prato de plástico. Somente ele me vê e afirma que estou muito bonita, que estou com a pele branca e limpa, que não vou envelhecer, pois o sol e a poluição não estragarão minha pele.

Cravo as unhas na palma da mão e aperto, aperto e aperto até saírem lágrimas de meus olhos.

Quero envelhecer, quero suar, quero rir, quero falar, quero morder, quero pegar areia aos montes, esfregá-la em meu corpo, me jogar na água e sair cheia de sal, de iodo, de luz!

Agora que eu tinha aprendido a me resignar, inesperadamente cuspo a raiva que estava oculta. Como antes. Era eu a selvagem que reagia, mordia, cuspia e dava pontapés? Foi difícil virar a página e aprender a viver minuto a minuto imersa na mesma rotina agonizante. Era cômodo me esconder em algum momento. Algo assim como me encolher dentro da barriga de minha mãe e me deixar balançar. Todo dia entrava em uma bolha, onde nada acontecia e nada podia atrapalhar minha paz. Acordava, fazia ginástica nos aparelhos que me deu, tomava um banho, preparava meu café da manhã – leite e torradas com manteiga e marmelada – escutava música enquanto tomava o café e depois pegava meus livros de estudo e começava minhas aulas. Nestes anos ele me trouxe livros apanhados aqui e ali porque eu pedi. De biologia, história, português, inglês. A essa altura poderia me apresentar, sem problemas, ao exame do *First Cerificate*. No mês passado, trouxe-me um romance em inglês, *Coraline*, de Neil Gaiman, e me contou que tinham feito um filme de animação muito bom e que, quando o lançassem em DVD, me traria. Matemática e física eram explicadas por ele, sem muito entusiasmo, e eu resolvia os problemas. Não me importo em estudar. Fico livre de outros pensamentos e me proporciona pequenas satisfações. Entender um problema, memorizar datas ou ler um livro em inglês faz com que eu sinta algo melhor do que ficar olhando o teto durante horas. Mas não pensei por que queria continuar estudando. Se tivesse me perguntado, teria ficado louca. Ao meio-dia eu esquentava em um micro-ondas a comida pronta que ele trazia. Não me deixava cozinhar, não confiava em mim. No entanto, guardava as sobras em uma pequena geladeira, para evitar moscas. Separava uma parte da porção do dia, colocava em um *tupperware* e escondia na geladeira. Estou magra, mas isso não me preocupa. Desta forma sei que, se ele não aparecesse, eu sobreviveria alguns dias. Se demorasse muito... Prefiro nem pensar.

Depois de comer, assistia a *Friends* e, naquele momento, me sentia como se estivesse em casa, dividindo o apartamento de Joey e Chandler, cuidando de seus animais, tolerando a gravidez de trigêmeos da Phoebe ou roendo minhas unhas toda vez que Ross e Rachel terminavam, quando Joey ficava desempregado ou quando Mônica queria ganhar uma aposta.

Durante a tarde, fazia exercícios de musculação com dois pesos de dois quilos cada um. Antes, praticava na frente do espelho, mas agora não tenho espelho, e isso me aborrece. E dançava. Dançava com os olhos fechados, imaginando que estava em uma danceteria à noite, que tomava um pouco de cerveja e que subia para a cabeça, que sentia uma moleza nas pernas e vontade de rir por qualquer coisa. Ao anoitecer eu lia. Li muito. Li tantos livros durante estes anos que deve ser equivalente à quantidade de livros que uma pessoa leria em toda a sua vida. Ele não gosta de romances, prefere ensaios.

Como eu devorava esses livros tão rápido, começou a trazê-los da biblioteca. Em um dia, trazia-me Dumas, no outro, Barbara Kingsolver e, no dia seguinte, Orson Scott Card. Li histórias românticas, romances históricos, de ficção, policiais e, por fim, sufocada pelo caos e encantada com as descobertas, era eu quem indicava os títulos e os autores, porém ele me atendia irritado, com má vontade, porque fazia com que perdesse muito tempo e dizia que a bibliotecária olhava torto. Então estraguei tudo por causa dos livros. Lembro perfeitamente daquele momento em que acabei com seis meses de minha vida. Um dia, pensei que os livros que eu lia passavam depois por outras mãos e tive a ideia de deixar uma mensagem dentro. Claro! Era muito simples. Era o único contato com o exterior. Escolhi um livro intitulado *Ali e Nino*, de Kurban Saïd, um livro de amor e guerra, divertido e trágico, que li três vezes, sem respirar. Pensei que a pessoa que escolhesse esse livro seria alguém especial e que acreditaria na minha mensagem. Escrevi quatro linhas, em um papel qualquer, explicando quem eu era e pedindo ajuda. No dia seguinte, ele abriu a porta, furioso, e jogou o livro na minha cabeça. "Você pensa que eu sou um idiota?", gritou, cego de raiva. Bateu em mim até que seu braço ficasse dolorido e me deixou no escuro. Três dias sem comida, triturada, ferida, sem luz, sem música, sem *Friends*. Esquecida em um esconderijo e, naquele momento, acreditei que me deixaria morrer. Mas no quarto dia ele apareceu, sentou-se na cama e, sussurrando, confessou que se sentia mal em me manter fechada, em ficar me vigiando, sempre querendo que eu não o incomodasse. Disse que não era um carcereiro e que estava cansado de me controlar. Que, se eu colaborasse, seria mais fácil. Respondi que sim. Não tinha outra opção, e queria viver.

Apesar da minha disposição em colaborar, deixou-me sem livros durante seis meses. Foram os meses mais longos e tristes. Aprendi a lição e tentei não desobedecer-lhe mais, até hoje. Esperava todo dia, com deleite, sua visita e suas sacolas de roupa e de comida. Procurava deixar o quarto ordenado e tomava um banho pela manhã, para que não franzisse o nariz, descontente, ao pôr os pés em minha prisão. Não queria provocar pena nem compaixão. Seu sorriso me reconfortava, assim como vê-lo, ouvi-lo e tocá-lo. Não é tão difícil, meu bem, e talvez ele tivesse razão. Não há nada comparado à tranquilidade de viver sem esperar nada do futuro, desfrutando dos pequenos momentos, livre de estresse, de obrigações, de sonhos, de desejos, de culpa. Uma clausura eterna.

Essa era a minha vida até alguns momentos atrás e já estava conformada. Mas de repente me dou conta de que estava enganada e de que nada faz sentido.

Não posso fechar os olhos. Sei que, se aparecesse um sinalzinho, tudo poderia ser diferente, mas nada acontece.

Meu desejo me empurrou estupidamente ao meu fim.

4. Salvador Lozano

Salvador Lozano chega ao escritório com a boca amarga. A primeira coisa que fez foi tirar a gravata, o blazer, e dobrar as mangas da camisa. Sobre a mesa o esperavam caixas repletas de papéis. São tantos que sente pena de Toni Sureda. Retifica. Não, não sente pena, sente inveja. Finalmente, Sureda fica com o que lhe faltou: tempo. Muito tempo, todo o tempo do mundo. Terá tempo para dar e vender. Poderá ler todos os documentos, inclusive de trás para a frente, poderá resolver os casos deixados pela metade e poderá trabalhar sem ter sobre si a espada de Dâmocles da aposentadoria. Não acaba o tempo de Toni Sureda. Não viverá a angústia da contagem regressiva.

A visita à senhora Molina o fez ter ainda mais certeza de que está velho. Depois de quase 45 anos de exercício na profissão, está cansado e deve ceder o posto a um rapaz jovem, entusiasmado e informal. Sorri ao olhar o relógio. E muito informal. Ainda não chegou, embora tivessem combinado ao meio-dia. Na noite anterior, talvez tenha saído e ficou até tarde para celebrar sua promoção. Possivelmente tenha bebido e feito amor com a esposa, uma garota jovem e loira. É tingida? Realmente não sabe, pois as fotos enganam, e Toni as mostrou rapidamente. É professora de matemática em uma escola de Ensino Médio, disse orgulhoso. Não se casaram, mas vivem juntos há dois anos em um apartamento de 35 metros quadrados que compraram no bairro de Raval. Ele os imagina bem juntinhos na cozinha, preparando uma macarronada, pois em um espaço tão pequeno é impossível ficar longe um do outro. Com certeza, estão apaixonados, atentos um ao outro e ansiosos por viver o futuro que abre as portas. Entusiasmados.

Parece que foi ontem que ele era como esse rapaz. Com vontade de resolver tudo, de engolir o mundo, de não se deter diante de nenhum enigma. Sua história é como a de tantos outros. Um guarda civil de Cáceres que chegou a Barcelona, no final dos anos 1960, com uma mão na frente e outra atrás. Nem sequer sabia que na Catalunha se falava catalão. Não sabia nada de nada, nem a falta que isso fazia, sentia-se capaz de aprender tudo. E assim o fez. Ele se preparou e casou com uma catalã de Sabadell que trabalhava nos Correios e cozinhava *escudella*[1] para o Natal. Mas não se conformava em ser um agente de rua com salário de fome. Fez cursos noturnos, foi promovido, queria ter mais responsabilidades, passou para o corpo de Mossos d'Esquadra e foi aprovado no concurso para sargento e subinspetor. Não recebi nada de graça, diz com orgulho. Seus filhos são catalães, a mais nova tem um salão de beleza próprio em Hospitalet e já lhe deu um neto. O outro filho estudou Direito e abriu um escritório de advocacia com alguns amigos no bairro de Les Corts. Colocou a foto da família sobre a mesa e a exibe orgulhoso. Tem um carinho especial

---

[1] Ensopado típico catalão à base de verduras, macarrão grosso ou arroz. (N. da T.)

pelo primogênito, porque se graduou e poderia passar por um rapaz do Ensanche, como se tivesse nascido naquele bairro. Como os Molina.

A porta se abre e entra seu substituto vestido com uma camiseta escura, calça jeans e tênis de marca. Ainda está usando óculos de sol. Talvez tenha visto nas séries de detetives e acha que dão estilo. Ou talvez tente disfarçar que saiu para se divertir na noite anterior.

— O que houve? – pergunta-lhe cordialmente. O rapaz se senta, sem pressa e boceja.

— Desculpe, dormi pouco, preciso de um café. Salvador Lozano parabeniza a si próprio. Tinha razão, o rapaz não tinha pregado o olho. Há 40 anos faz conjecturas sobre os comportamentos humanos e isso se transformou em um hábito da profissão.

Enquanto Sureda vai buscar, calmamente, dois cafés, ele volta a olhar e a olhar o caso de Bárbara, o caso que mais lhe dói, o caso que deixou para o último dia. Às vezes, com suas suposições, pensa que a jovem está enterrada em um depósito de lixo, ou que o corpo está flutuando pelos esgotos ou despedaçado em malas abandonadas na praia.

O subinspetor Lozano observa como o rapaz toma o café em pequenos goles, e, quando queima a língua, sopra e aperta os dentes como uma criança. Pela forma com que pega a caneta, sabe que pensa em um cigarro, mas que sabe se controlar. De repente, Toni Sureda aponta para a pasta.

— Bárbara Molina! - exclama. Pensava que era um caso encerrado. Salvador Lozano não responde imediatamente.

— Não será encerrado até que seja solucionado, e incomoda, incomoda muito ter esse caso aberto e sem solução. Em breve você perceberá que um caso sem solução é como uma ferida aberta – diz com um tom professoral. Tenta fazer com que cada frase seja um compêndio de sabedoria, da sabedoria que não se encontra em uma pasta, mas que se aprende na rua, com a convivência com as pessoas, escutando seu sofrimento, acompanhando a sua dor, dando os pêsames nos funerais.

— Você se lembra, não é mesmo? Uma jovem de apenas 15 anos desaparecida. Sureda faz um gesto afirmativo com a cabeça. — Mantive contato com os pais, principalmente com o pai, que é o mais equilibrado da família. Era um caso simples, no início. Uma garota que foge de casa com 15 anos, deixa um bilhete explicando que irá para longe e pedindo que não a procurem, e leva o cartão de crédito da mãe. Depois de oito dias a localizam em Bilbao, onde moram uns tios. E, realmente, são encontradas testemunhas que afirmam que ela estava procurando pelos tios, que estavam em férias. Mas, surpreendentemente, tudo muda. Quando os policiais da Ertzaintza e o próprio pai a procuravam por Bilbao, Bárbara, de uma cabine de Lérida, telefona desesperada para sua casa, em plena madrugada. Na cabine são encontrados sinais irrefutáveis de violência, sangue da vítima e sua bolsa abandonada. Uma testemunha lembra de ter visto uma mulher jovem ser arrastada por uma figura masculina, mas era de madrugada, havia neblina, e nunca pôde fornecer maiores detalhes. Nesse momento, o caso ganhou dimensões trágicas, com dois suspeitos consecutivos e muitos indícios. Trabalhamos duramente, investigamos tudo, rastreamos diversos lugares e pusemos em xeque toda a Catalunha. Dedicamos muito tempo e esforços, mas não fomos capazes de encontrar nada consistente e definitivo. Até que os suspeitos deixaram de ser suspeitos por falta de provas e o juiz arquivou o processo. Nunca mais se soube de nada.

Toni Sureda estica os braços e faz uma demonstração de musculatura. Vai à academia diariamente, calcula Lozano com olho clínico, duas horas, no mínimo, e faz bronzeamento artificial. Suspeita também que depila o peito e as pernas. Essas coisas o fascinam. Outro dia, enquanto tomavam café no bar, explicou que, antes de decidir ser policial, havia trabalhado como vendedor de fogos de artifício e como preparador físico.

— Eu me lembro perfeitamente de Bárbara – o rapaz se apressa em esclarecer. — Lembro das fotos colocadas pelas ruas, das manifestações públicas, das declarações do pai, das buscas desesperadas toda vez que recebia um telefonema com uma pista falsa. — E acrescenta — Os envolvidos eram um universitário de boa família e um professor, não é isso?

— Sim, sim, Martín Borrás e Jesús López – responde Lozano.

— E o que foi feito? – pergunta, inquisitivo, o novo futuro subinspetor. Lozano, por um lado, fica contente que Sureda demonstre curiosidade pelo caso de Bárbara, mas, por outro, sente-se incomodado. Não há nada pior do que uma opinião preconcebida. E os meios de comunicação, com todo o sensacionalismo, atrapalharam muito o caso. Ele nunca deixou de vigiar os suspeitos. Sempre acreditou que um dia ou outro cometeriam algum erro, ou que a própria trajetória diária os acabaria denunciando. Quando estudava à noite, leu *Crime e Castigo* e sabe que essa conexão entre o crime e o desejo mórbido do assassino de vangloriar-se de sua obra é uma característica a ser considerada. Mas, ou ele não foi suficientemente hábil, ou os suspeitos foram mais espertos. Por outro lado, não há nenhum crime, nenhum corpo que fale ou explique algo, nem algum lugar ao qual se possa voltar. A neblina que cobria a cidade de Lérida nessa noite intensificou com o passar do tempo. E, se um dia acreditou que um vento forte a tivesse levado, agora, a contragosto, deve admitir que os rastros foram apagados, definitivamente. A prova irrefutável vinculada ao desaparecimento de Bárbara nunca apareceu.

Pega a ficha de cada um, que estão atualizadas e as entregue a Sureda, enquanto vai relatando de memória.

— Martín Borrás agora tem 26 anos, vive com os pais, um cirurgião cardiovascular e uma diretora de uma empresa de informática. Tem um apartamento próprio, na rua Paris, de 230 m². Teve três relacionamentos e uma infinidade de paqueras de fim de semana. Nenhum relacionamento durou mais de quatro meses. A perseverança não é sua principal virtude. Inclusive, também não finalizou os estudos. Aqui você pode ver o histórico escolar do segundo ano do curso de Administração de Empresas, que fez no ESADE[2]. Desastroso. Consta que discutiu com os pais e acabou conseguindo o que queria. Abandonou os estudos e o avô o contratou para não fazer nada com condições inacreditáveis. Dois mil e trezentos euros mensais e 42 horas como supervisor de vendas de produtos de ferragem, com carro, celular e refeições à parte. Trabalha quando quer e recebe o salário todo mês, um disfarce para justificar sua inutilidade. Tem dinheiro e gasta muito. Agora possui um Seat Ibiza equipado e utiliza a casa de Rosas dos pais como um local para encontros amorosos, é um assíduo frequentador da casa, praticamente toda semana. Nessa altura é o único que a utiliza. Dirige de maneira imprudente e já perdeu seis pontos na carteira por excesso de velocidade. É um esbanjador, seu cartão de

---

2 ESADE (*Escuela Superior de Administración y Dirección de Empresas*) é uma instituição acadêmica internacional. (N. da T.)

crédito causa desgosto, compra roupas, bobagens, presentes caros, janta em ótimos restaurantes, convida os amigos para ir beber e realiza todos os caprichos. Até o dia 19 de cada mês sua conta está no vermelho. Há cerca de oito meses organizou uma festa em uma discoteca do Puerto Olímpico, estava embriagado, provavelmente havia se drogado e deu um soco em um rapaz que queria dançar com a garota que estava saindo com ele. Quando tomei conhecimentos dos fatos já era tarde, pois o advogado da família já o havia tirado da delegacia e abafado o escândalo. A família usa luvas de pelica e é muito rápida para varrer as besteiras do filho para debaixo do tapete.

Toni Sureda, repentinamente, fica sério, pega a ficha e a examina:

— Desde quando tem carro? – pergunta, de repente.

— Comprou quando começou a trabalhar com o avô, há quase dois anos e meio – responde rapidamente Lozano, satisfeito com o interesse demonstrado por Sureda.

— Você conseguiu falar com alguma das garotas?
– Lozano coça a cabeça, tentando lembrar.

— Convidei a primeira, Laura Busquets, para almoçar no Cal Pinxo, na Barceloneta. Enchi o copo dela com vinho branco e ela me contou que saíam, mas que não se envolveram sentimentalmente. Foi muito clara. Digamos que era sexo e nada mais, e muito excitante.

— Percebe? – pergunta Sureda, com um sorriso malicioso.

— Digno de atenção – comenta Lozano, seguindo o jogo de Sureda. — Nada mais a considerar. Não bateu nela, não a violentou nem forçou a garota a nada.

— Costumava levá-la à casa de Rosas de moto e então faziam a festa. Não foi a primeira nem a única, e ela sabia.

Um profissional, convenhamos. — Sureda suspira, talvez com saudades de outros tempos, antes da matemática, quando era preparador físico. O futuro subinspetor não pergunta mais nada e Lozano pega a ficha do outro suspeito.

Não é necessário nem olhar, conhece a ficha de memória. Jesús López, de 39 anos. Talvez para ele as coisas tenham sido piores do que para Martín Borrás. Professor de história durante sete anos, na mesma escola em que Bárbara estudava, foi definitivamente despedido, de um dia para o outro, após a confusão do desaparecimento.

— Não sei se você se lembra de que estiveram a ponto de abrir um processo em função de sua relação especial com as alunas. Mas ninguém o denunciou. A esposa, no entanto, pediu o divórcio e fez com que suasse sangue durante três anos para poder visitar os filhos. Terminou vivendo muito mal em uma quitinete deteriorada, perto do Mercado de Santo Antônio, na companhia de um cachorro, dando aulas de revisão muito baratas, fazendo substituições em colégios e se tratando com um psiquiatra. Mas tomar medicamentos e passar os fins de semana em um apartamento cheio de umidade, na frente de uma televisão, também não é nenhum delito.

Sureda franze a testa com as duas fichas na mão.

— Ainda estão sob vigilância? – pergunta. Lozano suspira.

— Faz tempo que o orçamento se esgotou. Eu mesmo fui apertando as horas para manter o expediente em dia – esclarece – na verdade, acreditava, de todo o coração, que um ou outro se denunciaria ao dar algum passo em falso e que terminaria por pegá-lo. Por isso, ao ficar sem recursos, continuei mantendo a vigilância, discretamente, durante horas nos fins de semana.

Toni Sureda não fala nada, mas Lozano adivinha que não está disposto a dedicar nem um minuto de seu tempo livre para vigiar, por conta própria, alguns suspeitos. Está muito preocupado com sua professora de matemática, sua academia e seu bronzeado. Se ele tivesse a idade de Sureda; provavelmente também não o teria feito.

— Qual é a sua opinião? – pergunta Sureda, repentinamente, com um olhar inquisitivo.

— Minha opinião? – repete Lozano para ganhar tempo, desconcertado pela franqueza do rapaz.

— Quais são os argumentos a favor e contra de cada um deles? Por que continua pensando que talvez um deles seja o assassino? Por que acreditar nisso? Você é um macaco velho, e acho estranho sua perseverança em acreditar que acabarão dando um passo em falso.

Lozano hesita, coça a cabeça e reflete. Não pode se sentir ofendido de forma alguma pelo adjetivo velho, afinal de contas, é isso o que ele é. Sem contar que é uma honra ser um macaco velho. Implica experiência, sim, olfato, também, mas não há *glamour* nem mérito em ser um macaco velho, são somente anos acumulados. Tenta esquecer a frase e ser capaz de explicar ao rapaz os motivos que o fizeram seguir metendo o nariz na vida alheia fora das horas de trabalho.

— Martín Borrás é agressivo e egoísta – afirma, sem pensar duas vezes. — Um jovem acostumado a ter tudo o que deseja. Filho único, malcriado, com riqueza e empregados, para os quais fez a vida impossível, como a de seus professores. O mundo para ele é uma bandeja cheia de doces colocados exclusivamente para ele. Naturalmente, os que estão à sua volta devem ser complacentes e estar sempre à sua disposição. Bebe muito, sofreu uma crise psiquiátrica e consome cocaína.

É mentiroso e tem uma vida dupla, escondido dos pais, que desistiram de se opor aos excessos do filho. Mas tudo isso, lamentavelmente, é comum a muitos garotos de boa família, mas tem um agravante que me fez acreditar que sim, que poderia ter sido ele. Bárbara se negou a manter relações sexuais com ele, e Martín Borrás, como amante despeitado, pode ser uma bomba-relógio.

— Sureda foi anotando, freneticamente, quase a ritmo taquigráfico. Finalmente levanta os olhos e faz uma pergunta:

— Se eu pedisse a você dois adjetivos que definissem e justificassem um crime com essas características, quais seriam?

— Violento e impulsivo – responde Lozano, sem pestanejar, subitamente animado pelo interesse de seu substituto.

— E o professor? – pergunta o rapaz, sem dar um intervalo.

Lozano fala abertamente para o rapaz:

— Devo confessar que o professor sempre foi o primeiro da minha lista. É um perfil mais tortuoso, mais labiríntico e construído com dados falsos. Aparentemente, é um homem respeitável, educado e culto, com bom gosto, mulher, filhos, profissão, casa, capaz de ser generoso e entusiasmado pelo trabalho e com princípios. Pura fachada. Esconde um pederasta dissimulado e covarde que nunca havia se atrevido a tirar a máscara de respeito que sua identidade oferecia. Brincava com as adolescentes, procurando a admiração delas e, talvez, algo mais, que nem ele mesmo teria coragem de confessar. Desconfio pela definição dos covardes e dos mentirosos. Jesús López é ambas as coisas e, acima de tudo, um abusador reprimido.

Falou tudo isso com raiva e asco. Não pôde evitar acrescentar sentimentos pessoais, adjetivos depreciativos, nem mostrar abertamente seu repúdio. Sureda pediu uma impressão pessoal e subjetiva e ele deu. Por isso, a frieza do rapaz o surpreende, que coloca a caneta na boca como se fosse um cigarro, e diz:

— Martín Borrás me parece pior – diz isso sem querer gerar polêmica.

— E por quê? — pergunta, intrigado, o subinspetor.

— Porque é jovem e imaturo. E, então, olha para Lozano com total sinceridade.

— Nós, jovens, sempre nos equivocamos mais e sempre temos do que nos arrepender. Lozano fica calado. Já faz muito tempo que deixou de ser jovem e não se lembra de como pensava nem de como sentia.

— Estou com fome! – exclama Sureda, repentinamente, colocando-se de pé. — Sem problemas, encerramos aqui e vamos almoçar – sugere Lozano, olhando o relógio. É um homem de costumes, horários, almoça às 14 h. Mas Sureda se desculpa. O rapaz já havia combinado com uns amigos da corporação.

— Desculpe, não posso acompanhá-lo – murmura, colocando as fichas sobre a mesa. — Depois do almoço terei todo o tempo do mundo para estudar o caso de Bárbara – acrescenta. E o interesse que havia demonstrado se desvanece bruscamente, substituído pelo desejo de devorar um prato de macarronada e um bom bife. Sureda tem razão, a impulsividade é a pior inimiga da juventude.

Lozano fica sozinho e sabe que Sureda, durante o almoço, não pensará um só minuto na garota, nem em sua família, nem nos suspeitos, é um veterano e intui que, assim que Sureda passar pela porta, dará um sorriso lisonjeiro à secretária e um tapinha nas costas de Sebastián. Talvez comente a partida de domingo do Barça e deixe evidente sua inquietude a respeito de Champion, se ganhará ou não. Mas não pensará em Bárbara Molina.

Lozano vai almoçar no mesmo restaurante de sempre. Uns chineses compraram o restaurante e continuam cozinhando gaspacho às quartas-feiras e paella às quintas. No início, lamentou que o restaurante tivesse sido vendido a estrangeiros, mas agora já brinca com Liu Shin e sua forma especial de marcar os pedidos. A conclusão é que, no final, saiu ganhando, pois mantêm os preços e não são intrometidos. Os anos o tornaram um homem desconfiado. Antes falava pelos cotovelos durante as refeições. Agora, come sozinho, lendo o *Marca* e assistindo ao noticiário de soslaio. Prefere assim, pois, dessa forma pouco dolorosa, vai se desvinculando, passo a passo, do mundo e não será tão difícil deixá-lo.

Quem sabe Sureda, impulsivo e jovem, possa, algum dia, resolver o caso de Bárbara Molina.

Pergunta-se quais serão os equívocos de Sureda.

5. Bárbara Molina

Hoje não abri os livros nem esquentei minha comida. Passei horas olhando para o celular, os olhos cravados na tela, com a esperança de ver surgir a milagrosa indicação do sinal de cobertura. Desejo desesperadamente sair daqui e, finalmente, tenho em minhas mãos a chave para conseguir, mas não está fácil. Fiquei dando mil voltas por todos os cantos sem encontrar cobertura. Sei que há. Uma vez o celular tocou quando estava comigo, mas não posso lembrar o ponto exato em que ele estava. Continuo incansável, para cima, para baixo, paro, agito o aparelho, levanto, coloco perto do chão, vou acompanhando a esquina da parede com seus ângulos, rastreio as diagonais pela infinitésima vez. De repente, me escurece a vista, minhas pernas ficam fracas e tenho de sentar no chão.

Estou morrendo de medo. E se cometo um equívoco? Estou onde estou porque uma vez tentei fazer uma ligação telefônica. Sempre me arrependi daquele dia. Foi em Lérida. Havíamos parado o carro para procurar um bar aberto e tomar o café da manhã. Era muito cedo, e ele voltou para o carro porque havia esquecido a carteira, e me falou:

— "Espere um minuto", mas, assim que o perdi de vista, fugi. Não tinha mais meu celular, pois ele o tinha tomado de mim, então, comecei a procurar uma cabine. Fugi atordoada, tirando minha carteira e tentando pegar as moedas que iam caindo no chão enquanto eu corria, e corria como louca. Encontrei uma cabine duas ruas adiante. "Que não esteja quebrada", ia repetindo a mim mesma, "por favor, que esteja funcionando", falava baixinho enquanto digitava os números de casa, tremendo; estava uma pilha de nervos. Minha mãe atendeu, mas estava tão histérica que quase não me deixou falar.

— Onde você está? – gritava. — Onde você se meteu? A polícia e seu pai estão te procurando! – E precisamente nesses minutos o vi se aproximando de mim, furioso, e somente pude suplicar:

— Me ajude, por favor! – e nada mais, já que a moeda ficou emperrada e eu, paralisada de medo, me encolhi em um canto da cabine, resignada ao castigo. Ele me esmurrou uma, duas, três, quatro vezes, e não parava, cada vez que eu me batia contra o vidro, aumentava sua raiva.

— O que você falou? – gritava, ofegante, em função do esforço. — Para quem você ligou? – O telefone estava pendurado pelo fio, balançando como um pêndulo e o sangue escorria do meu nariz. Sangrava muito e manchava a cabine, a roupa, a bolsa.

— Chega! Pare! – gemia, tentando proteger meu rosto com as mãos. Então, ele me agarrou pelo braço e me tirou da cabine. Na rua, me deu um lenço para que estancasse o sangramento, enquanto me arrastava como se eu fosse um cachorro. Nenhum de nós se deu conta de que minha bolsa havia ficado no chão, abandonada. Não cruzamos com ninguém. Em razão da hora avançada, não havia ninguém pelas ruas de Lérida.

Todos dormiam. Se tivesse encontrado alguém, teria me jogado em seus braços, pedindo ajuda. Mas, por causa da neblina e da hora, estávamos sozinhos, sem testemunhas, e isso fez com que eu não tivesse chance.

— Merda! – gritou na rodovia ao comprovar, horrorizado, que minha bolsa tinha ficado por lá. Você é uma imbecil! Não quero voltar a ligar outra vez para minha casa. Não quero voltar a ligar para minha mãe, que foi incapaz de agir e impedir que ele me trancasse neste lugar. Mas também não me lembro de outros números. O da casa da Eva, e... De repente, a imagem de Eva regressa como um sopro de ar fresco, do passado, da infância, de momentos melhores. Eva. Minha melhor amiga. Fomos, ao menos antes, de que aquilo acontecesse. Não guardo nenhum rancor dela. Esqueci nossas diferenças.

    Estou indignada com meu azar e, de súbito, jogo o celular longe, como se estivesse queimando minha mão, e fecho os olhos. Quando volto a abrir os olhos, vejo o aparelho no chão e sofro, porque talvez eu o tenha quebrado. Como posso ser tão burra? Ando engatinhando e paro para pegá-lo de novo. E então fico sem ar. Apareceu uma indicação do sinal. Não me mexo e fico olhando, como se fosse uma miragem. Tenho conexão. Pouquíssima, mas tenho, não me atrevo a tocá-lo, com medo de perder a conexão. O que devo fazer? Ligo? E se ele chegar quando eu estiver ligando? E se fez isso propositalmente para me testar? Se tudo der errado posso perder o pouco que tenho. De repente, todas as lembranças que eu acreditava ter esquecido voltam bruscamente e me repreendem, de forma desleal, como fantasmas furiosos. E eu, paralisada na frente do celular, sem me decidir, a ponto de perder o pouco que tenho, contemplando, hipnotizada, essa indicação de comunicação com o mundo, uma indicação que oscila, que me traz e tira a ilusão, com intermitências. Para quem eu devo ligar?

Mais uma vez penso na Eva. É a única de quem eu lembro o número do telefone, a pessoa que me parece como uma remota esperança. Não teria de ver minha família, não teria de prestar declarações diante da polícia. Fugiria sozinha para algum lugar onde ninguém me conhecesse. Eva seria discreta, uma boa amiga, e me ajudaria. Queria dizer a ela onde estou, queria chorar em seu ombro e pedir que me tirasse daqui, que me levasse para bem longe. Mais uma vez me detenho. Uma vez, só uma, me ameaçou. "Se você fugir, matarei sua família", disse rudemente. Seria capaz de fazer isso? Provavelmente sim. Está louco. É um louco perigoso. Ou talvez não, talvez seja o único capaz de me amar. Quem mais poderá me aceitar como sou? Ele me conhece de verdade, sabe quem eu sou realmente. Não sei o que fazer. Deixou as compras para mim. Deixou água e roupa, como sempre faz, seguindo a rotina dos últimos quatro anos, que só foi quebrada uma vez.

Um dia, vai fazer um ano, chegou com uma sacola e disse que ficaria uma semana para comemorar meu 18º aniversário. Trouxe uma surpresa. Um vestido de verão, sem mangas, estampado de flores pretas e violetas com um laço nas costas. Estranhei que era amarrado abaixo do peito e ele esclareceu que estava na moda e pediu para que o vestisse, pois era o meu tamanho, com certeza. Quando sorria e me olhava com devoção, sentia algo parecido com felicidade. Sabia que se eu não estragasse tudo seria como uma seda, e fui obediente. Convidou-me para que subisse até a casa para jantar com ele à mesa. Permitiu que eu usasse o banheiro, que me olhasse no espelho, que admirasse tudo o que tinha nas gavetas, que ficasse na banheira durante horas e que assistisse televisão. Uma noite permitiu que eu saísse para a parte externa da casa. Caminhamos no escuro por caminhos solitários, ouvindo o canto das cigarras e olhando o céu, repleto de estrelas. Ele me agarrava fortemente com a mão, mas eu não queria fugir. Nessa semana senti o cheiro dos pinheiros aquecidos pelo sol, pisei a terra com os pés descalços e senti o frescor da brisa do sul em meus cabelos.

— Existem pessoas – disse-me, — que jamais provaram essas migalhas de felicidade. – Eu me senti afortunada e agradeci o gesto. Nunca havia pensado no valor de um passeio, da delícia do ar quente da noite de verão, do prazer de um banho ou do gosto de sentar-se à mesa e comer uma omelete de batatas. Quando temos todas essas coisas, não damos valor. E, apesar de minha relativa felicidade, eu estava impaciente para ver o sol. Três anos sem ver o sol. Somente o vislumbrava pela fresta do teto. Supliquei, chorei e jurei que não escaparia, mas que queria sentir o sol na pele. Finalmente ele concordou e, em uma madrugada, abriu a porta, me fez entrar no carro, ofereceu-me um chapéu, óculos escuros e me disse: "Anda, vamos". Foi um instante, uma impressão passageira. Vi o sol sair por trás das montanhas, deixei que me tocasse os braços e me acariciasse o rosto. Gritei de alegria e fechei os olhos para me impregnar de sua luz e energia. O calor desse sol passageiro me acompanhou durante semanas e meses. Se pudesse ver o sol como naquela manhã resplandecente... Se pudesse falar com Eva, mesmo que fosse uma única vez... Se pudesse ouvi-la rir... Ao ouvi-la gritar "não aguento de tanto rir". Somente isso. Um sopro de ar fresco, um raio de sol, e nada mais.

Aproximo minha mão, decidida, e, sem mexer o aparelho, digito o número de Eva. Que ela esteja em casa, suplico, que atenda, peço sem saber se estou pensando ou falando. E, de repente, escuto uma voz.

— Alô?... Oi!... Pois não...

— É a Eva... Eva?... Eva! Sou eu, Bárbara! – grito. — Sou eu! Me ajude!

— Bárbara? – pergunta Eva, assustada. — Bárbara, onde você está? – E sem poder me conter, pego o celular do chão e o coloco na orelha, com um gesto instintivo. — Me tira daqui! – Mas do outro lado já não se ouvia mais nada. Não, não pode ser! Não há mais conexão! O sinal desapareceu totalmente! Outra vez perdi a cobertura!

Tento, desesperadamente, deixar o aparelho onde estava, mas não detecta o sinal. Repito o gesto mais uma vez, duas, três. Minhas mãos tremem e me sinto sufocada. Quero chorar, mas não sei. Não serviu para nada! Não pude dizer onde estou e não pude pedir auxílio. E agora, o que faço? Imagino ele abrindo a porta, com os olhos semicerrados e ameaçadores, duas fontes carregadas de ódio, que sabem tudo, que veem tudo, que me julgam por tudo. Talvez já saiba isso, também, e me matará. E me dou conta do meu erro. Abri a caixa de Pandora.

6. Eva Carrasco

Eva ficou com o telefone na mão, pasma, incapaz de reagir. Ouviu Bárbara. Era a voz da Bárbara. Falou para ela "sou a Bárbara". Mas não pode ser, deve ter sonhado. Bárbara está morta há quatro anos. No entanto, era ela, está certa disso. Reconheceu sua voz, seu suspiro, o tom impostado que usava ao dizer "Eva?". Quase não falou nada, somente gritou "me ajude". Logo depois não houve mais comunicação e o aparelho ficou mudo. Desliga, esperando que Bárbara volte a ligar, mas isso não acontece. Decide, então, comprovar se a chamada realmente aconteceu ou se isso foi fruto de sua imaginação. Sim, está lá, aconteceu há dois minutos, o número ficou gravado, é um celular. Faz a ligação, mas atende a secretária eletrônica, com aquela voz neutra informando que o celular está desligado ou fora da área de serviço. Eva senta-se e pensa. Ou quer pensar, mas os pensamentos vão e vêm, fazem curvas e acabam por deixá-la tonta. Agoniada, pensa que é muito forte acreditar que acabou de receber a ligação de uma pessoa morta. Deve trazer Bárbara novamente para o mundo dos vivos, e isso não é fácil. Seu pai, a polícia, os amigos, a família, todos a consideram morta. Somente a mãe esperou, inutilmente, por todo esse tempo, que ela aparecesse. É a única, por isso enlouqueceu. Agora deve ter 19 anos, como ela. E, se está viva, onde está? Por que pediu ajuda? Por que desapareceu? Por que nunca voltou? Por que não disse nada? Por que fez sua família e seus amigos sofrerem?

Olha o relógio. São 15 h, e tem aula de inglês às 17 h. Estava terminando de fazer o dever de casa e ainda faltavam dois exercícios. Ela se mexe na cadeira, sem saber o que fazer. Está sozinha e está difícil pensar.

Parecia assustada. Gritava. A ligação deve ser importante, talvez decisiva. Tenta ser racional e organizar o pensamento. Antes de desaparecer ligou para a mãe e encontraram a cabine suja de sangue, sua bolsa no chão, e nunca mais souberam dela. Sente um calafrio ao lembrar-se disso. Sangue a deixa enjoada. Na escola disseram que haviam cortado o corpo de Bárbara em pedaços. Hernández, um insensato, levou uma fotografia muito sanguinolenta de uma garota esquartejada e, por sua culpa, teve pesadelos por várias noites. Sonhava com Bárbara sem um braço, sem uma perna, jorrando sangue, e dizendo: "Você queria que eu desaparecesse, não é mesmo? Teve o que mereceu". Acordava molhada de suor e gritando. O policial que tratou de investigar sua vida quase adivinhou. Fazia perguntas desagradáveis, indagou como se fosse ela que tivesse cravado uma faca na amiga e a tivesse assassinado. "Vocês brigaram, não é?", falou bruscamente, em uma tarde. Era a segunda ou a terceira tarde de interrogatórios. E teve de admitir que sim, que discutiram, mas que ela não tinha feito nada para Bárbara. O policial não foi amável em nenhum momento. "Não disse sinto muito, sei que era sua melhor amiga e é uma infelicidade que tenha desaparecido, pois terá de continuar com o peso de sua consciência pelo resto de sua vida". Em vez disso, dava a entender que ela era cúmplice do desaparecimento e que estava cometendo um delito por calar-se. Chamava-se Salvador Lozano. Era um amargurado. Eva se esgoelava explicando-lhe que Bárbara e ela haviam sido unha e carne, mas ele, teimoso, atirou para matar e acertou. "Foi por culpa de Martín Borrás, não é mesmo?" Quem haveria dedurado? Queria estrangular Carmen, com certeza havia sido Carmen. Era idiota ou o quê? Queria que a levassem para a cadeia? Porque, se buscavam motivos para justificar o desaparecimento de Bárbara, ela tinha o motivo perfeito. Sim. Ela queria que Bárbara desaparecesse e deixasse o caminho livre com Martín. Pois Bárbara, sua melhor amiga, envolveu-se com o garoto de que ela gostava. Apesar de saber disso, ou talvez, por causa disso, ainda sente um frio no estômago quando se lembra. Mas tudo isso faz parte de um tempo tumultuoso, caótico, de quando, à noite, cobria a cabeça com o travesseiro e desejava que Bárbara morresse. Um desejo expresso em silêncio que se tornou realidade e que não sairá de sua boca. Ninguém nunca saberá que desejou o desaparecimento de Bárbara. E também ninguém saberá que finalmente acabou na cama de Martín Borrás. Estremece. Foi um erro. Um estúpido espinho que tinha cravado e que quis tirar, mas acabou colocando mais lenha na fogueira. Guarda certo gosto ruim na boca e a sensação de que esteve no lugar errado com a pessoa errada. Foi uma aventura passageira, uma criancice de adolescente contrariada. Martín Borrás tinha sido seu primeiro amor e Bárbara o havia roubado. Foi sua primeira desilusão amorosa. Mas, em vez de dispensá-lo, rompeu com sua melhor amiga, desejou que desaparecesse e, uma vez cumprido seu tenebroso desejo, manchou sua memória envolvendo-se, por vingança, com Martín Borrás. Foi uma péssima ideia, mas ele a pegou desprevenida, sensibilizada, e não soube dizer não.

Martín a seduziu por interesse, a enganou e ela está completamente segura disso. Queria fechar sua boca, queria ganhá-la como fosse. Ele a seduziu e ela se entregou, como uma tonta. Ficava com o estômago embrulhado ao se lembrar do cheiro daquela casa tão dondoca de Rosas que exalava a lixo. Rajadas de impressões fugazes. O vermelho intenso do quarto de Martín, decorado com luzes intermitentes e um colchão d'água que havia surrupiado de seu pai. A música de Duffy, o sabor áspero de suas taças e suas carícias mentirosas. E ela apaixonadíssima, obcecada por aquele canalha, tragando suas palavras que enjoavam de tão doces, convencida de que estava louco por ela. Como pôde ser tão cega? Você não acredita que eu tenha feito algo para Bárbara... E, em determinado momento, ela lembra que sentiu certa inquietação porque lhe passou pela cabeça que talvez Martín tivesse algo com os acontecimentos. Durante alguns instantes teve medo de morrer sangrando. E talvez fosse essa pequena mudança de atitude, que se traduziu em um estremecimento dos lábios e um pestanejar forçado, o que tenha rompido o encanto e provocado o acidente da adega. Um assunto que Martín tratou de solucionar pouco depois. Mas a desconfiança já tinha se instalado entre os dois. E, sobretudo, a vergonhosa deslealdade em relação à amiga desaparecida, que se agravou ainda mais quando, dentro do carro, ele criticou Bárbara, dizendo que ela era vil e provocadora e arrancou de Eva a promessa de que não o comprometeria. Ela aceitou e foi ainda mais vil que a pobre Bárbara.

  Salvador Lozano, no entanto, merecia ser enganado, pois a tratou como culpada. Queria saber se haviam brigado, se ela tinha contas pendentes com Bárbara e se havia ocorrido algum desentendimento entre elas. Respondeu que sim, que haviam discutido, mas não por causa de Martín Borrás, e sim por causa de Jesús, o professor de história. "O que você está me dizendo? Por quê?", surpreendeu-se Lozano. "Bingo", pensou, e falou pelos cotovelos eliminando as afrontas que tinha apontado escrupulosamente durante o andamento da investigação e que havia guardado dentro de si, com rancor. Disse-lhe que Bárbara estava envolvida com Jesús, que era a pura verdade, que ele a acariciava às vezes na brincadeira, às vezes seriamente, que era uma verdade tangível, e que às vezes ficavam sozinhos, reservadamente, que era uma verdade que só sabia pela boca de Bárbara. Disse meias verdades envenenadas e nunca acreditou que sua palavra de adolescente pudesse ter um peso tão decisivo na vida de alguém. Ficou arrasada. Mas não se arrepende de nada.

Eva nunca foi da turma de Jesús. Não sabe ao certo se foi Jesús que não a convidou para fazer parte da turma ou se ela se distanciou voluntariamente, pois ele lhe provocava ânsia. O professorzinho sabichão marcava encontros fora de hora com as meninas bonitas. O grupo dos incondicionais de Jesús lambia seus pés, ria de suas graças e se fazia de intelectual. Comentavam sobre filmes dos quais não entendiam e fingiam ler todo tipo de livros. Na aula brigavam por suas piscadas, suas palmadinhas inocentes no traseiro e seus elogios. E Bárbara no meio. Na primeira vez que a viu, chamou-a e a apelidou de peituda da classe. Bárbara foi seduzida por esse tonto enquanto ninguém tinha colocado os pingos nos is, até o dia em que Pepe Molina, seu pai, lhe quebrou a cara. Ficou muito contente. Foi merecido. Muitos outros pais deviam ter feito isso antes. E, felizmente, ao final, tudo foi esclarecido, soube-se de tudo. No entanto, rapidamente, tudo foi encoberto. Hipócritas. Jesús está livre sem ter merecido. Merecia estar em uma cela por ser pervertido, manipulador, pederasta, por ser assassino de Bárbara, concluiu Eva. Isso é o que sempre havia acreditado. E agora?

Agora resulta que Bárbara está viva. Como digerir isso? E talvez ela seja a única pessoa do mundo que saiba disso, ou não. Não pode tirar da cabeça o grito de Bárbara. "Me ajude!" Isso significa que não está livre, que sua vida está em perigo, que está sendo ameaçada ou que está aprisionada. E se angustia ainda mais pela responsabilidade que lhe caiu sobre os ombros, inesperadamente. Ela, exatamente ela. A péssima amiga, a traidora.

Caminha por um momento. Pensa. Admite que desejou se convencer durante todo esse tempo de que agiu bem. Que apontou na direção correta, desviando a atenção de Martín para Jesús, já que foi ele que prejudicou Bárbara. Mas deve reconhecer que não está segura. Sobretudo, porque não explicou a ninguém o incidente da adega da casa de Rosas; os gritos de Martín quando a pegou na porta da adega, a ponto de girar a maçaneta; a forma que seus olhos acenderam; da raiva que tinha por dentro; da mão que se levantou para bater nela e de como ela subiu as escadas correndo, fugindo, morta de medo. Não contou nada a ninguém porque tinha sido público e notório seu encontro e, naquela época, esse tipo de coisa era importante para ela. Posteriormente, Martín se justificou, no quarto, dizendo que poderia ter se matado. Que seu avô escorregou na escada e bateu a cabeça e que, por isso, não queria que ninguém descesse. Ela quis acreditar. Mais de uma vez pensou sobre os motivos pelos quais Martín havia se enfurecido. O que escondia na adega? O que ele não queria que ela visse? E agora essa ligação de Bárbara, desesperada, pedindo ajuda, ressuscitou o incidente e fez com que ligasse os pontos. Talvez... , diz a si mesma, sem coragem de elaborar a frase inteira. Talvez... , pensa angustiada, enquanto as mãos começam a tremer, insistentemente. Eva deixa o dever de casa de lado e pega o telefone. Na agenda que está em cima da mesinha de centro da sala, encontra, sem demora, o número do ramal do subinspetor Lozano. Ele se encarregou de anotar o número, quisesse ela ou não, e insistiu até cansar que, se tivesse alguma pista de Bárbara, que entrasse em contato com ele, imediatamente. Provavelmente era anormal, mas desempenhava sua função e era um homem sério. Ele deve saber o que se faz em um caso assim. Desta vez explicará tudo a ele, não esconderá nada. Engolirá a vergonha por ter mentido e por ter estado envolvida com Martín Borrás. Agora é uma mulher e pode assumir os erros de quando era menina.

— Olá, bom dia – titubeia — ou, boa tarde. Por favor, poderia falar com o subinspetor Lozano? – Olha o relógio, são 15h15, uma hora difícil para saber se deve dizer bom dia ou boa tarde. Os ingleses são mais cartesianos. Depois do meio-dia acabou a manhã. Mas neste horário é costume já ter almoçado.

— Do que se trata? – Eva fica calada. Não quer falar com ninguém que não seja Lozano.

— É um assunto particular – afirma, contundente. A voz do outro lado soa mais intimidadora.

— Qual é seu nome e telefone? – Eva não responde. Sente-se mal. Não quer chamar a atenção dos demais sobre algo que gostaria de deixar em segredo. E então se arrepende de ter ligado para a polícia.

— Qual é o seu nome? Quem é você? – sente-se como naquela época, acusada injustamente, e desliga ofegante, como se, na metade da subida do K2, tivesse ficado sem oxigênio. Está uma pilha de nervos. E agora?

Levanta-se e pega a pasta de inglês, como de costume, pois faz companhia e tapa seus peitos, que são demasiado grandes.

Fará o que qualquer pessoa faria em seu caso. Irá ver a família.

7. Salvador Lozano

Salvador Lozano havia escondido um palito de dentes no bolso e agora o está usando, sozinho no escritório, enquanto espera por Toni Sureda. Adora bacalhau, mas logo depois de comer, arrepende-se. Sua mulher o presenteou com uma escova de dentes dobrável, das que são vendidas em farmácias, mas como sempre a perdeu. Isa, a telefonista, o informa que uma garota que não quis se identificar perguntou por ele.

— Verifique o número na base de dados e me diga quem é – responde. Está certo de que se for importante, voltará a ligar e o encontrará, ou que perguntem a Pepe Molina, que nunca teve problemas em persegui-lo fora do trabalho e, inclusive, encontrá-lo no bar onde toma café toda manhã. Se não tivesse sido o pai de Bárbara, o caso teria sido encerrado há muito mais tempo.

"É um caso sem muitas esperanças", afirma desde o início a Toni Sureda, que se senta diante dele, atento, como um aluno aplicado, com o bloco de notas e a caneta na mão e um brilho alegre nos olhos negros, muito negros. "Bebeu vinho", suspeita Lozano, "e esteve contando piadas obscenas no horário da sobremesa, aventura com ousadia criativa."

— Vamos lá – diz enquanto pega os papéis do processo e os espalha sobre a mesa.

— Há quatro anos, Bárbara Molina, na época uma garota de 15 anos, fugiu de casa. Sem motivos ou razões aparentes. Na terça-feira, dia 22 de março de 2005, deixou um bilhete manuscrito. Um bilhete de adolescente, escrito apressadamente. Muito seca, definitiva e trágica. "Estou indo embora, não me procurem. Bárbara." A mãe, Nuria Solís, entrou em contato conosco no dia seguinte, depois de ter procurado por ela, inutilmente, na casa de amigos e de conhecidos. O pai, José Molina, resistia em procurar a polícia, mas cedeu, diante da insistência da esposa. Uma fuga voluntária não é um desaparecimento, mas se tratava de uma menor de idade e não queríamos correr riscos. Imediatamente demos início à investigação e colocamos em ação os dispositivos habituais de busca, mesmo estando próximos da Semana Santa. A mãe encontrou o bilhete na terça-feira, pela manhã, e eu tinha programado o início das férias para a quinta-feira à tarde. Havia feito reservas e não podia cancelar – acrescenta amigavelmente – só poderia fazer uma concessão no caso de uma suposta amizade, que não existe. Isso não é importante para o contexto, mas talvez essas fossem as primeiras férias em que viajaria com a minha família depois de muitos anos. Você sabe, nunca descansamos e sempre levamos o trabalho para onde formos.

Dito isso, continua o relato e retoma o tom neutro e profissional:

— No início, não pareceu um caso difícil, as primeiras prospecções já nos ofereciam muitas dicas. Os resultados acadêmicos, desastrosos, eram apenas a ponta do iceberg, debaixo se escondia uma adolescente cheia de conflitos, conturbada pela recente desilusão amorosa. Possivelmente, voltasse em alguns dias, arrependida, pedisse ajuda a alguma amiga, entrasse em contato com o namorado, ou seja, fosse localizada pelos agentes, conjecturei com otimismo. As amigas, no entanto, não sabiam de nada. Não tinham nem ideia de aonde Bárbara poderia ter ido. Mas há algo, todas apontaram para o mesmo rapaz. A coincidência era unânime. Martín Borrás, de 22 anos, monitor de San Gabriel, o Club Excursionista ao qual Bárbara era associada havia apenas um ano, e estavam preparando uma excursão à montanha, que ocorreria em poucas semanas, e também colônias para os dias da Semana Santa. Por essa razão, reuniam-se aos sábados pela manhã, nos salões da paróquia, na rua Urgel com Diputación, muito perto da casa de Bárbara. Martín, no entanto, não simpatizava muito com os garotos que costumavam ser monitores. Tinha um perfil, como dizer, mais mauricinho. Estava estudando, pela segunda vez, o primeiro curso de ESADE de Administração de Empresas, esquiava, esporadicamente aparecia em uma discoteca e havia sido aprovado no primeiro exame de habilitação. Era um rapaz de êxito, pouco estudioso, mas esperto para o que lhe interessava. Bonito, sem dúvida alguma, um tipo vaidoso, daqueles que ficam horas na frente do espelho antes de colocar os pés fora de casa. Calça baixa, com uma postura estudada, extrovertido, brincalhão e muito sociável. Falava dois idiomas, havia estudado em três centros privilegiados, embora tivesse repetido o quarto ano de ESO[1] e o segundo do Bachillerato[2].

---

1 ESO (*Educación Secundaria Obligatoria*) é parte da estrutura educacional obrigatória na Espanha, sendo composta por quatro cursos e atendendo jovens de 12 a 16 anos. (N. da T.)
2 Bachillerato: é parte da estrutura educacional da Espanha; opção da educação secundária pós-obrigatória que proporciona as condições necessárias para o acesso do aluno ao ensino superior. (N. da T.)

Eu mesmo visitei o rapaz na quarta-feira à tarde e o flagrei preparando a mochila para viajar, na sexta-feira, para uma casa de colônia em L'Estartit[3]. Estava sozinho porque seus pais tinham viajado a Londres. Posso garantir que seu espanto parecia sincero. Não tinha nem ideia. Bárbara não havia dito nada e, além disso, deixou muito claro que não saía com a garota. Haviam terminado. Quando? A data era muito recente, no último fim de semana. No sábado, dia 19, na noite de São José, foi quando a viu pela última vez e não soube mais nada. Ao tentar esclarecer os motivos do fim do relacionamento, o rapaz ficou nervoso e balbuciou uma desculpa. "Coisas nossas, alegou."

Deixamos passar. Em princípio não achei pertinente insistir. Além disso, não colocou nenhum obstáculo em revistarmos seu celular, seu MSN, seu *e-mail*. Tudo limpo. No cinzeiro havia restos de baseado. Fiquei calado e anotei o fato. Avisei que no caso de qualquer sinal de vida de Bárbara, era obrigado a nos comunicar, imediatamente.

Então, continuei com as investigações. A tutora de Bárbara, Remedios Comas, 52 anos, licenciada em espanhol e docente de língua castelhana havia 20 anos na Escola Levante, declarou, mais ou menos, o que já sabia. Que Bárbara era uma garota esperta, que teve problemas e que havia abandonado os estudos. Havia sido reprovada em tudo e, talvez, por causa disso, seu mundo tivesse acabado. Ela me pareceu arisca e seca. Várias vezes, percebi que vacilava, media as respostas e não se deixava levar pela emoção, algo surpreendente para uma tutora que havia mantido um estreito contato com Bárbara durante o curso e que, supostamente, conhecia os problemas

---

[3] L'Estartit: povoado localizado na Costa Brava, nordeste da Espanha. (N. da T.)

que a tinham feito fracassar academicamente. Aproveitando a situação, como quem não quer nada, soltei a pergunta que sempre faço: "Suspeita de algum outro motivo que pudesse esclarecer a fuga de Bárbara?". Foi quando vacilou por alguns instantes. Minha extensa experiência neste trabalho me permitia avaliar as pessoas e saber quando são prudentes, medrosas ou cúmplices. Remedios pertencia ao terceiro grupo. Ela se deteve, mas não negou categoricamente. Não queria envolver ninguém, talvez não fosse correto apontar algum aluno, algum garoto ou alguma garota que seria suspeito de um assunto grave apenas por uma vaga intuição. Todos brincamos de detetives, todos elaboramos teorias, todos somos, em potencial, questionadores da realidade e desejamos que a realidade seja uma fórmula matemática que resolva a nossa equação. Talvez Remedios Comas tivesse sua própria hipótese. Deixei-a para uma segunda rodada, quando tudo estivesse mais claro.

Voltei a falar com os pais de Bárbara e percebi diferenças entre eles. Viviam mais do que uma crise motivada pela adolescência da filha. Pepe Molina era um homem rigoroso, sério, obcecado em agendar os horários e escolher as companhias da filha, mas, em razão do seu trabalho, representante de joalheria, viajava com frequência e delegava as responsabilidades à mulher, Nuria Solís, que era excessivamente tolerante e cobria as escapadas da filha. Essa diferença de opinião já lhes havia custado mais de uma discussão.

Três motivos para fugir de casa. Conflitos familiares, fracasso escolar e briga de namorados. Havia fugido sem um tostão, levou só uma bolsa com quatro peças de roupa e uma frasqueira. Na época, eu colocaria minha mão no fogo apostando que, em uma semana, Bárbara voltaria com o rabo entre as pernas, se uma patrulha não a localizasse antes, dormindo pelas ruas. Fiz as malas depois de distribuir fotografias e deixar uma boa equipe encarregada do caso. O sargento Maldonado ficou de plantão, e na quinta-feira à tarde viajei para Manga del Mar Menor, o sonho de minha esposa. No entanto, uma ligação do sargento me tirou da cama na sexta-feira, dia 25, às 6h15. O caso sofreu uma reviravolta em poucas horas e havia se complicado muito. Ele me fez um rápido resumo. A mãe de Bárbara os alertou aproximadamente às 2 h. Na noite anterior, ela e seu marido deram por falta do cartão da Caja de Ahorros y Pensiones[4]. Afirmavam, com muita convicção, que Bárbara o havia levado; conferiram os extratos e confirmaram, pela internet, que, realmente, alguém, na terça-feira, havia sacado dinheiro na estação de Sants e, naquele dia, quinta-feira, em Bilbao. A irmã de Nuria Solís, Elisabeth Solís, morava em Bilbao, e Bárbara tinha uma ótima relação com ela e com seu marido, Iñaki Zuloaga. Já tinham entrado em contato com eles, mas não havia ninguém em casa e não atendiam ao celular. Tinham um veleiro e eram apaixonados por navegação e, provavelmente estavam em alto-mar. Sendo assim, o apartamento estava vazio e Bárbara, com certeza, perambulava por Bilbao. Pepe Molina, pai de Bárbara, tinha ido para Bilbao de automóvel e estava parado na frente da casa dos cunhados. O sargento Maldonado agiu de maneira corretíssima. Imediatamente entrou em contato com a Ertzaintza[5] e ligou para o pai de Bárbara para que mantivesse todos informados de qualquer pista que pudesse levar à garota. Parece que Pepe Molina respondeu de forma grosseira, dizendo

---

4 Caja de Ahorros y Pensiones: mais conhecida como *La Caja*, entidade de crédito semelhante a um banco. (N. da T.)
5 Ertzaintza: força policial do País Basco, comunidade autônoma da Espanha na qual está localizada Bilbao. (N. da T.)

que não precisava da polícia para encontrar sua filha, que era um assunto de família e que assim que a encontrasse tudo estaria solucionado. Enquanto isso, a Ertzaintza interrogava os vizinhos do bloco onde moravam os Zuloaga e tiveram sorte. Umas irmãs solteiras e quarentonas que moravam no 2º Bloco, no 2º andar, o mesmo andar onde vivia o casal Zuloaga, declararam que Bárbara havia interfonado, insistentemente, no apartamento dos tios até as 13 h, na quinta-feira. Conheciam a garota de outras ocasiões. Explicaram que o casal estava fora e a garota começou a chorar, fizeram com que entrasse, ofereceram o que comer, e ela aceitou, faminta, e confessou que havia viajado sozinha para fazer uma surpresa para seus tios, mas não sabia como localizá-los. Não quis ficar na casa delas, jurou que tinha a passagem de ônibus para voltar e foi embora. Nunca mais tiveram notícias.

O pai chegou de madrugada e esteve correndo pelos bares da região. Lembravam-se dele, perguntando pela garota. Finalmente, às 5h45, enquanto o pai estava em Bilbao plantado na frente do apartamento e a polícia a procurava pelas ruas da cidade portuária, Bárbara, inesperadamente, ligou, de Lérida, para sua casa. Uma única ligação para sua mãe, pedindo ajuda e gritando. A ligação foi bruscamente interrompida. A partir da central, rapidamente localizaram o local da ligação, havia sido feita de uma cabine da cidade de Lérida, perto de Segre. Depois de dez minutos, encontraram a cabine cheia de sangue e a bolsa de Bárbara no chão, nela estava toda a documentação da garota, menos o celular. Nenhuma testemunha, nenhuma pista.

A partir daí, o mistério só aumenta.

Salvador Lozano serviu-se de um copo de água – ele ainda fica com a boca seca ao reviver aqueles momentos – dá um gole e continua:

— Por fim, tive de cancelar as férias. O instinto me dizia que o caso era muito grave e que exigia minha presença. E assim foi. Esperamos inutilmente uma ligação, um aviso, uma testemunha. Investigamos detalhadamente todas as pistas deixadas na cabine, mas foi em vão. Pepe Molina, de volta a Barcelona, estava uma pilha de nervos e me perturbava o tempo todo. Queria que agíssemos, que detivéssemos as pessoas, que encontrássemos sua filha. Tive de dar um basta, pois começou a criticar a polícia nos meios de comunicação. Era compreensível, o homem estava exaltado. E, enquanto a mãe se contraía e ficava cada vez mais arrasada, o pai orquestrava campanhas com cartazes e manifestações que geraram um alvoroço no caso e dificultaram a investigação. Um homem que é capaz de ir buscar a filha no fim do mundo e convocar uma coletiva, também é capaz de fazer justiça com as próprias mãos. Algumas semanas depois, deu uma surra no professor de história, Jesús López, sobre quem, consequentemente, recaíram as suspeitas. Mas estou me antecipando.

Reiniciei as investigações em ritmo maratonista, em sessões com os pais, as amigas e os familiares mais próximos. Tinha de investigar bem seu ambiente e apertei a mãe, provavelmente a pessoa que sabia mais coisas sobre Bárbara e quem, talvez, tenha ocultado alguns segredos. Foi exatamente assim, sozinha em um interrogatório, que Nuria Solís desmoronou e confessou que, três meses antes do desaparecimento, descobrira marcas e cortes nos braços e nas pernas da filha. Foi coincidência, ao entrar no banheiro, Bárbara estava nua, secando-se com a toalha ao sair do banho. Coincidência, enfatizou, porque Bárbara sempre fechava a porta. Ao vê-la, ficou horrorizada. Bárbara mentiu, dizendo que havia caído com a moto de uma amiga e que não queria assustá-la. O que pareceu mais estranho foram os cortes nos antebraços. Em um lugar invisível, porém íntimo e dolorido. Nuria Solís era enfermeira e sabia perfeitamente que esse tipo de ferida é, frequentemente, resultado de autolesões. Colocou Bárbara contra a parede, mas ela negou tudo. Negou o fato de alguém tê-la ferido e negou também que tivesse feito os cortes. Sustentou a versão da queda da moto, e Nuria se calou por medo do marido e da forma excessiva com que reagia. Então, as evidências apontavam para o fato de que alguém havia violentado Bárbara antes da fuga. Talvez seu namorado, talvez alguém que não conhecíamos. Eva Carrasco, a amiga, ficou perplexa, pois não sabia nada sobre isso. Os irmãos, de somente dez aninhos, estavam cansados em decorrência da situação e nos ajudaram pouquíssimo. A tia de Bárbara, Elisabeth Solís, e seu marido, Iñaki Zuloaga, ao contrário, conheciam a garota muito bem e estavam abalados pelo fato de não os ter encontrado quando mais necessitava. Eram jovens, na época tinham 36 e 37 anos, e otimistas e, apesar do sofrimento, fizeram o retrato de uma Bárbara mais complacente, mais amorosa, menos indisciplinada do que aquela que nos apresentavam os pais. Evidentemente, era o tipo de casal aberto, liberal e carinhoso a que uma sobrinha recorreria em caso de problemas. Mas, precisamente pela distância, não puderam contribuir muito mais, com exceção, é claro, de um sopro de ar fresco que sempre resulta do agradecimento.

— Desculpe – interrompe Sureda, interessado nesses dados. — Você disse que os tios de Bárbara não estavam em casa e que o celular deles não tinha cobertura. Onde estavam?

— Rumo às ilhas Cíes, navegando pelo Cantábrico. Assim que tomaram conhecimento do desaparecimento da sobrinha, deram meia-volta. – Sureda interrompe Salvador Lozano novamente.

— Quem os avisou e como? — Lozano coça a cabeça. Evidentemente, é um dado que, na época, em meio a tanta confusão, achou irrelevante.

— Não sei, suponho que Nuria Solís deva ter ligado para eles. Elisabeth é sua única família. Sureda não se dá por vencido:

— Não entendo. Se o celular deles não tinha cobertura ou se tinham desligado o aparelho, como puderam ser avisados? — Lozano admite que Sureda tem razão. Que todas as fissuras podem se transformar em rachaduras e que esse dado sobre quem avisou quem e como não havia sido considerado naquele momento.

— Desculpe, desculpe, me antecipei, continue, por favor — desculpa-se Sureda, atordoado porque, na realidade, desconhece quem sejam esses familiares de Bárbara. Lozano retoma a fala com certa insegurança.

— Bárbara, quando era pequena, havia passado longas temporadas na companhia dos tios. Adorava o tio Iñaki, que a ensinou a nadar e navegar. Iñaki Zuloaga era biólogo marinho investigativo e trabalhava na Universidad de Deusto. Tinha uma carreira impecável. Havia sido *pos-doc* durante três anos em Londres, pesquisando no Museu de História Natural. Foi ali que conheceu Elisabeth Solís, que estava trabalhando como professora auxiliar de espanhol no Bloombsbury School. Voltaram juntos para a Espanha quando Iñaki conseguiu uma bolsa de estudos Ramón y Cajal[6], em Bilbao. Casaram-se e Elisabeth, logo depois, encontrou trabalho como professora de língua

---

6 O Programa Ramón y Cajal é um instrumento fornecido pelo *Ministerio de Educación y Ciencia* (MEC/Espanha) para a incorporação de pesquisadores ao sistema espanhol de Ciência e Tecnologia. (N. da T.)

inglesa em uma escola de Secundaria[7]. Zuloaga, um homem viajado, cosmopolita e brilhante, com duas capas na revista *Science*, era, antes de mais nada, um sujeito carinhoso. Ele e Elisabeth não tinham filhos e Bárbara foi o brinquedo deles desde os 4 até os 13 anos.

Lozano se detém e olha Sureda fixamente.

— Esse último dado me intrigava. Por que os tios e a sobrinha haviam se distanciado? Quando perguntei por que nos últimos verões Bárbara não havia ido à casa dos tios, dei-me conta de que as relações com Pepe Molina eram tensas. Iñaki Zuloaga, discretamente, deu a entender que a decisão para que não voltasse havia sido do pai. Questionei sobre isso até onde pude, mas não obtive informações claras. Eram apenas diferenças de critério na concepção do mundo e da educação? Ou havia algo mais? Pepe Molina acusava o cunhado de esnobe irresponsável, e acreditava que não era um bom exemplo para a filha. Não tinha total conhecimento, mas o acusava de beber e permitir que Bárbara aprendesse coisas impróprias para a idade dela. Referia-se às saídas noturnas com o veleiro, em busca de crustáceos marinhos, encontros e festas com os amigos, professores universitários. Nuria Solís disse simplesmente que Bárbara apenas estava fascinada com o estilo de vida dos tios e que decidiram que, ela tinha de viver em seu próprio mundo, com gente de sua idade e sob o controle dos pais. Fosse qual fosse a razão, nas declarações dadas ficava evidente que o casal Zuloaga a amava de verdade. Ou, ao menos, era o que parecia.

---

[7] Secundaria: a Educação Secundária na Espanha se divide em ESO (Educación Secundaria Obligatoria) e a Educação Secundaria Pós-Obrigatória (*Bachillerato e Formación Profesional*). (N. da T.)

— Você sabe – acrescenta — em nossa profissão não podemos dar nada por certo. Todos, até que se prove o contrário, são suspeitos. Mais uma vez voltei ao principal suspeito. Ao rapaz com quem saía.

Esse Martín Borrás que interroguei um dia antes do desaparecimento definitivo, a impressão digital do rapaz havia aparecido na bolsa de Bárbara, mas não na cabine telefônica. Martín tardou a responder à pergunta sobre onde estava na sexta-feira às 5h45.

Em uma colônia de férias, nos respondeu, finalmente. Segundo ele, havia saído na quinta-feira pela manhã, rumo a L'Estartit e esteve por lá até o domingo pela manhã. Os pais confirmaram a informação porque tinham acabado de retornar de Londres. Mas, ao interrogar os companheiros do Clube, confirmaram que mentia. Martín Borrás realmente estava na excursão com todo o grupo, mas fez como das outras vezes, em que costumava desaparecer à noite com a moto e voltar pela manhãzinha, como se nada tivesse acontecido. Na quinta-feira à noite disse que ia sair e saiu do acampamento por volta das 22 h. Apareceu na sexta-feira de manhã, mais ou menos às 11h30, com sinais de consumo de bebidas e muito sujo. Ninguém, no entanto, viu marcas de sangue em sua roupa, que estava amassada e manchada, mas não tinha sangue. Infelizmente não foi possível comprovar esse fato, pois a roupa que usava naquela noite já havia sido lavada. O argumento era fraco. Depois de um extenso interrogatório, especificou que esteve na Razzmatazz, uma casa noturna muito conhecida de Barcelona, na festa de uns amigos. Ali dançou até duas ou três da madrugada e depois foi curar a bebedeira em casa. Ainda de madrugada retornou a L'Estartit.

— Testemunhas? – pergunta Sureda. Lozano franze a testa.

— Sim, duas garotas que dançaram com ele e um amigo que o convidou para tomar duas bebidas. As testemunhas o viram até uma da madrugada, depois, ninguém mais o viu. Sureda levanta a cabeça, repentinamente.

— Que moto ele tinha?

— Uma Yamaha 750. – Sureda assovia, dando a entender que conhece muito sobre moto. Pode chegar aos 200 quilômetros. Isso significa que ele podia ter feito o trajeto Gerona-Bilbao em seis horas e Bilbao-Lérida em três horas, o que soma... Lozano o interrompe.

— Mais de nove horas, isso supondo que não tenha parado nem cinco minutos e que tivesse combinado um encontro com Bárbara em um horário preciso em determinado lugar.

Já fizemos o cálculo e é impossível. A ligação de Bárbara, que partiu de Lérida, foi às 5h45, e Martín Borrás, ainda que as testemunhas da festa tivessem mentido, não poderia ter estado em Lérida até as 11 h.

— E se marcaram um encontro em Lérida? — deixa escapar Sureda.

— Como? — exclama Lozano, desconcertado.

— Um encontro de última hora, marcado por Bárbara. Ela teve todo o período da tarde de sexta-feira para viajar de mil maneiras, há muitas combinações.

— Um momento, um momento – interrompe, novamente, Lozano. — E como se comunicaram? Martín não tinha nenhuma ligação do número de Bárbara. – Sureda, então, apresenta uma hipótese arriscada.

— Talvez Bárbara tivesse dois celulares – Lozano fica boquiaberto.

— Por quê?

— Para se esquivar da família – responde Sureda, sem vacilar. — Uma garota que planeja uma fuga, que mente e que está submetida ao controle dos pais descobre formas para se comunicar com aqueles com quem não poderia sem que os pais saibam. Como faz um marido quando sabe que a mulher revista o celular? Compra outro, esconde e só fornece o número a alguma pessoa muito especial.

O subinspetor Lozano não responde imediatamente. Sentiu-se nocauteado. Outro celular é uma possibilidade que não cogitaram. Um celular fantasma, inexistente, para ligar somente a determinados números. Um celular que os receptores talvez tivessem registrado com outro nome, para seguir o jogo da ocultação. A princípio parece uma ideia rebuscada, própria de uma mente rebuscada, mas logo se dá conta de que não é exatamente isso. Se fosse assim, muitas das investigações que fizeram por meio da linha de telefonia móvel acusariam alguma coisa.

Tenta reordenar os pensamentos que Sureda desordenou.

— Vamos lá. Você está dizendo que talvez Bárbara tenha ligado para o celular de Martín Borrás e que ele tenha dirigido a moto por duas horas a caminho de Lérida para se encontrar com ela?

— Por que não? – aventura-se Sureda. — Trata-se de pensar nas coisas de forma diferente e mudar a lista de suspeitos. Quem poderia ter se encontrado com Bárbara às 5h35, em Lérida?

Lozano sabe que Sureda tem razão e concorda com ele:

— Correto – diz, repentinamente, animado. — Imaginemos que seja fato que Bárbara foi a Lérida por conta própria e que liga para Martín, seu ex-namorado, para que vá ao seu encontro para se reconciliarem. Lembremos que haviam terminado havia menos de uma semana. Então, explode o incidente. Ciúmes, tentativa de violação ou violência, um incidente que se arrasta desde sábado à noite. Bárbara foge e encontra uma cabine, enquanto está ligando, Martín interrompe, fere a garota e a leva até onde deixou o veículo.

— Tem uma moto, não podemos nos esquecer. Onde a leva com a moto? A um descampado? A Barcelona? À casa de Rosas? – Sureda faz uma observação interessante.

— Rosas está junto à L'Estartit e disse que seus pais estavam em Londres.

— Realmente – admite Lozano, com cautela. — Suponhamos que sim, que a levou a Rosas para escondê-la ou para transar com ela. Um lugar recorrente, onde sempre levava as garotas, e ali ocorre o crime. Pela manhã. Martín chega ao acampamento às 11h30, como se nada tivesse acontecido. Evidentemente, não dormiu a noite toda.

Os dois, por um instante, ficam calados, impressionados com possibilidade de que tudo tenha acontecido da forma exata como haviam apresentado, de maneira natural, que é a maneira como fluem as ideias. Então Lozano, antes que Sureda diga "esta boca é minha", pega o telefone e liga. Ainda tem poder para dar ordens sobre o caso.

— Lladó? Aqui é Lozano. Estou revisando o caso de Bárbara Molina, com Sureda. Quero uma ordem judicial para inspecionar a casa de Rosas de Martín Borrás. Envie uma patrulha para procurar restos de um corpo. Você sabe, jardim, porão, adega. Por favor, me informe imediatamente quando tudo for providenciado – desliga, decidido, e olha fixamente para Sureda. Já não o vê como novato, sem experiência. Jovem, talvez, mas um jovem é um sopro de ares novos para o caso.

— O que eu dizia? – diz distraído. — Ah, é! – responde ele mesmo. — Falava sobre as investigações em torno de Martín Borrás. Grampeamos os telefones e fizemos um levantamento das ligações realizadas durante os dias que precederiam o desaparecimento. Não havia registro de nenhuma ligação de Bárbara. Chamamos Martín para um interrogatório na companhia da melhor amiga de Bárbara, Eva Carrasco, já que ambos se conheciam e, segundo rumores confiáveis, Eva saía com ele antes de Bárbara aparecer no Club e começar a paquerá-lo. O comportamento do rapaz foi muito suspeito. Na sala de espera, Eva falou abertamente sobre sua inquietação e sua desconfiança em relação à polícia. Mas Martín fez com que se calasse, gesticulando com as mãos e apresentando a possibilidade de um possível microfone. Não sabia que a simulada espera estava sendo filmada. Seu comportamento era teatralizado e cada vez encobria mais coisas. Quando o agente apareceu para levá-los ao escritório, Martín Borrás simulou uma preocupação que não expressava nem sequer cinco minutos atrás, quando estava sozinho com Eva. O interrogatório não foi muito proveitoso. Eva estava na defensiva e Martín se calava. "Quais os problemas pessoais de Bárbara?" Ambos "tiravam o corpo fora" e não se envolviam. Falaram do pai rigoroso que a controlava, do tio maravilhoso que não a deixavam ver, do professor de história que a deixava deslumbrada com os museus e o cinema, das péssimas notas e do tempo que a mãe dedicava aos irmãos pequenos dos quais, diziam, a garota tinha ciúme. Mas já tínhamos os indícios da culpa de Martín Borrás que buscávamos. Com certeza, necessitava mais e encontrei. Ao verificar seu histórico clínico, descobri uma internação no setor de psiquiatria na Clínica Teknon, de Barcelona. Um surto psicótico quando tinha 17 anos, durante o qual agrediu um colega de classe e ameaçou de morte a própria mãe, com tesoura. Os pais o levaram com a máxima discrição, mas eu descobri. Desequilíbrio mental, violência e, acima de tudo, falsidade no testemunho que ocultava indícios de culpa. Eu me arrisquei e o prendemos. Os interrogatórios, então, foram mais duros e inquisitivos, mas, ainda assim, não conseguimos nada. Não se contradizia, nem se denunciava, mas escondia informações. Estava seguro de que mentia e conseguimos que ficasse tão nervoso a ponto de nos ameaçar com uma denúncia por parte dos pais. Tínhamos pouco tempo. Os pais, realmente, já haviam colocado a boca no trombone e contratado um advogado caríssimo que nos colocava dentro dos limites estabelecidos. As amigas o apontavam, a mãe de Bárbara o apontava, e eu suspeitava de que a razão inicial da fuga de Bárbara estava vinculada à ruptura com Martín e à agressão misteriosa da noite de sábado. Disso eu tinha certeza. Finalmente, Martín Borrás cantou. Isso se deve à habilidade de Romagosa.

Conhece o Romagosa, não é? É um interrogador fenomenal, recomendo-o a você nos casos difíceis. Romagosa o levou a um beco sem saída e Borrás, encurralado, declarou, talvez nem tenha se dado conta quando o fez, que Bárbara havia negado manter relações sexuais com ele, e a partir desse momento, com uma sinceridade surpreendente e muito sangue-frio, confessou que não estava acostumado a ouvir não, e que tentou três vezes e três vezes Bárbara recusou, com desculpas diferentes. A última foi na noite do sábado anterior. Romagosa, com facilidade, o colocou contra a parede, perguntando o que ele fez. Martín Borrás não respondeu. O silêncio era eloquente. "Você a forçou? Bateu nela? Violentou a garota?". Martín Borrás negou tudo, mas foi dando detalhes. Segundo ele, Bárbara havia aceitado de bom grado seu convite para passarem juntos o primeiro fim de semana das férias, uma vez que ele estava sozinho em Barcelona, enquanto os pais voavam para Londres. Tudo ia bem, tinham bebido, colocado música e se beijado. Quando começou a tirar a roupa, no entanto, a situação se complicou porque ela, de repente e sem nenhum motivo, começou a gritar e a bater nele, descontrolou-se. "Foi muito desagradável." Não, segundo ele, não aconteceu mais nada. Deixou que passasse por histérica e ficou chateado, claro. Jogou a roupa na sua cara e pediu que a deixasse em paz, e não a viu mais. Isso aconteceu no fim de semana anterior ao seu desaparecimento. No sábado, 19 de março, dia de São José. Havia quatro meses que estavam saindo e, segundo Martín Borrás, não tinha acontecido contato sexual completo. Fazia três meses que Bárbara havia se distanciado de sua amiga Eva. "Pelo que pude averiguar, foi por causa do rapaz. Mas não quero misturar informações." Estávamos na noite de sábado. Segundo Martín Borrás, Bárbara foi embora aproximadamente à 1 h. Já na porta, furiosa, confessou que era virgem. Naquela altura, Bárbara ainda não havia entregado as notas aos pais e mentiu para eles, dizendo que naquele fim de semana estava fazendo um curso de monitora. Nuria Solís autorizou, apesar de suspeitar que não era certo. Ninguém sabe onde passou o resto da noite. O fato é que apareceu em casa no domingo pela manhã, com a roupa rasgada e suja. Nuria Solís, dessa vez, não pôde ocultar do marido o acontecido. Pepe Molina se zangou muito com Bárbara, que armou a cena. Esse é o episódio mais misterioso. Bárbara explicou que haviam tentado roubar sua bolsa, ainda que parecesse uma desculpa pouco verossímil. "O que aconteceu, de fato, na noite de sábado?" A roupa dava a entender claramente que houve uma tentativa de estupro ou, no mínimo, uma atitude violenta por parte de alguém. Os botões da blusa foram arrancados, assim como a calcinha que usava, que, apesar de ter escondido e jogado fora, sua mãe encontrou na lata de lixo, rasgada.

Sureda assovia, conclusivo, como se pudesse ler todos esses sinais e tivesse chegado à resposta milagrosa, Lozano gostaria de ser tão otimista como ele, mas esse fato do sábado à noite é um dos momentos misteriosos que nunca foi esclarecido.

— Quem atacou Bárbara? – pergunta-se em voz alta. Sureda interrompe.

— O testemunho de Borrás não se sustenta, foi ele. Então Lozano lhe apresenta um papel. A declaração de uma vizinha que encontrou Bárbara saindo do apartamento de Borrás em Barcelona, exatamente na hora em que ele confirmava a história, a 1 h. A vizinha, uma tal de Carolina Vergés, de 58 anos, viúva e residente no condomínio havia 32 anos, levava o cachorro para passear e encontrou Bárbara chorando muito. Tentou consolá-la, mas Bárbara não deixou. A roupa de Bárbara não tinha nenhum rasgo e foi embora sozinha.

Sureda fica calado, abatido. Certamente torna-se desconcertante. O subinspetor Lozano, tossindo, tira outro papel do meio do monte e oferece a Toni Sureda, que agora já não toma notas nem interrompe, somente escuta.

— Na segunda-feira entregou as notas em casa e foi armado um rolo, e na terça-feira, desapareceu – Lozano segue, sem parar. — Entre as coisas que nos surpreenderam das declarações de Borrás, uma foi sua constante afirmação de que Bárbara não havia mantido relações sexuais com ele e outra que nunca havia tocado a mão nela. Ou Martín Borrás mentia ou havia algum outro culpado. Quem havia espancado e provocado os machucados em Bárbara?

— Por que tomava anticoncepcional? – questiona Sureda. Lozano se alegra pelo interesse do substituto. — Sim, Bárbara tomava pílula, Jasmine, para ser mais exato, o anticoncepcional que as farmácias vendem às garotas sem receita médica. Contou a mãe diante do assombro do pai em uma sessão muito desagradável. O casal brigou na minha frente. O pai, completamente alheio, acusou a esposa de ocultar coisas sobre sua filha. Nuria Solís, então, começou a chorar, dizendo que não queria criar um problema familiar e que guardou o segredo da filha, de mulher para mulher. "Uma mulher?", explodiu o pai. Uma mulher de 15 anos?" "Com que idade você acha que as garotas se tornam adultas?" "Talvez você não seja até hoje. Comprou pornografias, também, para ela, para que aprendesse?" Foram acusações tão desagradáveis e fora de contexto que pedi que prorrogássemos a sessão até que se tranquilizassem. Saíram envergonhados e imaginei a discussão em casa. Intuí que o casal acabaria se separando. Era muito difícil para a estabilidade deles resistir aos golpes da desconfiança. A mãe se lamentava da resistência da filha. O pai não aceitava que fosse uma mulher, difícil equação para que se mantivessem unidos nesse momento de tristeza.

"Mais uma vez me equivoquei, como em tantas outras coisas. Quando tudo parecia claro e transparente e apontava na direção de Martín Borrás, emperramos. Não íamos nem para frente nem para trás. Martín Borrás não se contradizia, não desmoronava, as constatações eram inúteis e não apareciam novas pistas. Suspeitávamos de que, talvez, a família tivesse destruído alguma prova ou algum indício, mas também não tínhamos como provar. E, quando estávamos mais desanimados, apareceu outro suspeito que até então estava na sombra. Jesús López."

— O professor, não é mesmo? – intervém Sureda.

Lozano outra vez enche o copo de água para começar com Jesús López, mas nesse preciso momento são interrompidos por Dolores. Não olha para Lozano, olha para Sureda.

— O chefe está te esperando, quer falar com você – Lozano se mexe, incomodado. Dolores já não se importa com ele. O inspetor Doménech já solicita diretamente Sureda e ele já não interessa.

O reluzente futuro subinspetor Sureda deixa o escritório satisfeito por ser chamado pelo inspetor-chefe.

Lozano fica sozinho, olha o relógio e volta a mexer nos dentes com o palito enquanto contempla a fotografia sorridente de Bárbara e se pergunta quando e como se equivocou. Sua cabeça, no entanto, não deixa de trabalhar e, desta vez, em direções diferentes. Mesmo que doa, deve admitir que o sangue jovem oxigena os casos oxidados. Sureda deu uma boa lição. Deve pensar de forma diferente. Tem de mudar o foco e repetir a fotografia a partir de outros ângulos, sair da espiral angustiante na qual ficou detido durante esses quatro anos.

8. *Bárbara Molina*

Ouvi um barulho. Tenho certeza. Conheço perfeitamente os ruídos que me acompanham há quatro anos. Os pneus do carro sobre o cascalho do jardim, a batida da porta ao fechar, as madeiras do chão ao serem pisadas, o encanamento roncando, como um estômago faminto. Poucas exceções, pouca companhia. Uma abelha que pousou na porta, uma aranha silenciosa que tecia pacientemente sua teia em um canto do teto e uma ratazana. Esta última faz tempo, provavelmente entrou pelo encanamento, quando ele estava construindo meu sanitário. Naquela noite, acordei com um barulho insolente de alguém que não se importa que os demais o ouçam. Tapei minha cabeça com a manta e escutei, horrorizada, tratando de imaginar que animal estava ali comigo, no escuro. Consegui distinguir o rec-rec de dentes que roíam a madeira, a respiração intermitente de um focinho farejando e o barulho de umas patas mexendo na comida. Estava paralisada e não me atrevia a mexer nem um milímetro. Pensava: "O que vou fazer?" – "O que vou fazer?". Até que um desastre com pratos e copos me fez reagir. Logo em seguida, ouvi claramente o atrito ágil de um corpo que se arrastava pelo chão, um movimento que se deteve por alguns instantes para continuar avançando até chegar perto de mim. Então, não teve outro jeito. Eu me levantei de um pulo, acendi a luz dando um tropeço e a encontrei ali, no colchão, a dois palmos do meu nariz. Era uma ratazana de esgoto, grande como um coelho e que, em vez de fugir, ficou me olhando, desafiadoramente, imóvel. Eu e a ratazana, as duas cara a cara. No entanto, não tive nojo. Era asquerosa, mas não tive nojo. Ela me pareceu perigosa, e ponto. Os pelos dos braços e das pernas ficaram arrepiados e senti ódio. Um ódio primitivo, selvagem, antigo. Odiava aquele animal desagradável que havia invadido meu território. Fiquei de pé, para mostrar que eu era muito mais alta do que ela e calculei, em uma espiada, a distância que me separava da vassoura. Mas estava muito longe e a ratazana estava no caminho. Então, de repente, peguei uma cadeira pelo encosto e a ameacei com os quatro pés. Eu, enfrentado uma ratazana como um domador de circo, inacreditável. Quando penso nisso me revira o estômago e não consigo explicar de onde saiu a coragem. A ratazana não retrocedeu nem um milímetro, deu um grito, como um coelho antes de morrer e, nesse instante, me joguei sobre ela, gritando "Fora daqui, maldita!". Já não a enxergava como uma ratazana, nem sequer lembrava que os ratos mordiam e transmitiam doenças, nem que eram seres repugnantes que antes me davam pânico. Era uma inimiga, e eu me defendia. E, diga-se de passagem, foi uma inimiga heroica e esteve a minha altura. Naquele momento, depois de quase oito meses de reclusão, eu estava totalmente enlouquecida e a ratazana pagou caro. Não sabia onde se metia. Encurralei o animal contra a parede com péssimas intenções, peguei a vassoura e, cega de raiva, a deixei em pedacinhos. Não sei quando nem como a ratazana se deu por vencida. Talvez tenha acertado com um golpe mortal de primeira. O caso é que não tinha medo e não me importava se me atacasse. Não tive cuidado e a raiva me deixou forte e imbatível. Parei ofegante, muito depois de aceitar que estava morta. Continuei dando vassouradas e gritando, como os jogadores de tênis quando devolvem a bola. Gritava para me desafogar e, a cada grito, me sentia mais e mais livre. Entendi como ele se sentia quando me pegava mal-intencionado e me insultava. Eu me via como uma ratazana. Como a ratazana que eu havia vencido. Eu me assustei. Se ele não soubesse se controlar, um dia acabaria por me matar, como eu havia feito com a ratazana.

Tenho medo, tenho muito medo. Volto a sentir medo e me escondi debaixo da cama, encolhida, lembrando o pânico que tinha ao ouvir seus passos, temendo seus ataques de ira e seus castigos desumanos. Quando me privava da comida, sofria câimbras e fisgadas no estômago, não sabia se eram de fome ou se eram de angústia. Mas, naquela época, ainda desejava fugir a todo custo e não me dava por vencida. Tratei de escapar uma e outra vez. Meus olhos procuravam todas as frestas e, de repente, começava a correr, mas ele sempre me pegava e me castigava, sem testemunhas, sem limites, sem medidas. Com toda a impunidade, como se eu fosse o rato. No entanto, detinha-se antes de me matar, quando eu já não tinha forças para resistir. Então voltava carinhoso. Gostava de deixar a minha vida ao seu dispor, como um de seus caprichos, perdoava e me devolvia pouco a pouco. Administrar minha saúde, o afeto e a comida e me tirar tudo de uma só vez, quando tinha vontade. Às vezes, decidia não falar comigo durante semanas. Um belo dia não me dirigia a palavra e eu não sabia por quê. Eu quebrava a cabeça, pensando o que havia feito, ou o que poderia tê-lo ofendido e perguntava a ele, mas me maltratava com seu silêncio, muito mais agressivo que seus golpes. Isso me irritava, e eu suplicava que me dissesse o que eu havia feito, que me falasse, que gritasse. Eu me dei conta de que, sem palavras, os humanos se transformam em bestas e perdem a sensatez. Era um castigo desumano. Preferia que me batesse, o mal era imediato, saía sangue, apareciam hematomas, meus ossos rangiam, mas depois ele limpava meus machucados com álcool, aplicava iodo, cuidadosamente fazia os curativos e sorria. Uma vez, inclusive, quebrou meu braço. Foi sem querer. Eu estava agarrada a ele e me virei com tanta força que ouvi meu braço quebrando, como uma cana. Ele lamentou, com sinceridade. "Você o quebrou, e fez isso para que eu me sinta mal, não é mesmo? Você é má, você planejou isso." E no dia seguinte, chegou trazendo uma sacola repleta de gesso e outra com umas correntes. Depois de engessar meu braço sem habilidade alguma, me disse: "Já que você não sabe ficar quieta, terei de te prender". Ele me deixou acorrentada por uma eternidade. Talvez um mês, ou dois. Fiquei com feridas nas costas, porque tinha de urinar na cama. Era outra forma de me humilhar. Só deixava que eu me levantasse para fazer minhas necessidades em um balde, uma vez por dia ou, às vezes, a cada dois dias. Deixava um pouco de água e um prato de comida ao meu alcance, mas, mais de uma vez, o prato escorregava de minha mão e caía estrondosamente no chão, espalhando arroz, frango ou sopa, muito longe para que eu pudesse alcançar com minhas mãos. E assim eu ficava morrendo de fome e a comida no chão, a um metro de mim, apodrecendo debaixo do meu nariz. Durante esse tempo, quando aparecia no esconderijo, quase nem me olhava, como se eu fosse um cachorro acorrentado. Trabalhava exaltado, tapando as frestas por onde, às vezes, escapavam meus gritos. Recobriu as paredes com cortiça e colocou uma porta blindada. Eu o contemplava do colchão, três vezes prisioneira, e me dava conta de que, enquanto levantava a barreira que me separava do mundo, eu perdia a esperança de voltar. Finalmente me deixou sem as correntes. "Pode gritar, ninguém vai te ouvir. Tenta sair, não tem por onde." Não há portas nem janelas. Mas tinha punhos e pés e o atacava cada vez que colocava as mãos em mim. Depois chorava de puro desespero, e o choro me deixava relaxada, tranquila.

"Você é como um animal", me dizia. "Um cachorro selvagem que morde a mão de quem te alimenta." Mas eu ainda tinha sangue nas veias e me esforçava para ver o sol. Em uma dessas brigas perdi um dente. Agora tenho um buraco e no dia do meu aniversário de 18 anos, quando subi para a parte superior da casa e entrei no banheiro, olhei-me no espelho, e fechei a boca rapidamente. Assustei comigo mesma. Parecia um disfarce de Halloween. No lugar onde havia estado um canino ficou somente um buraco, um espaço vazio e escuro.

Isso foi no início, quando queria fugir.

Agora já não posso ir à parte alguma. Acreditam que eu esteja morta. Minha mãe leva flores à montanha e as joga ao vento no dia do meu aniversário, e meus irmãos erguem um balão com meu nome. Sei que estou morta porque foi publicada uma nota nos jornais. Ele me esfregou no nariz. "Leia, leia, você está morta, bem morta." E li, pálida, aquela brincadeira macabra.

Bárbara Molina
Falecida em 25 de março de 2005.
De seus pais e irmãos,
Lembranças

Tenho medo. Muito medo. Ao voltar, saberá que falei com Eva e me matará. Não é crime matar um morto.

Estou morta há quatro anos.

9. Salvador Lozano

O subinspetor Sureda sentou-se diante do antigo subinspetor Lozano. Seu cargo já é oficial. O inspetor Doménech acaba de recebê-lo e entregou-lhe a credencial que será efetivada a partir da meia-noite. Lozano percebe que está distraído, que, diferentemente de alguns minutos atrás, agora já não escuta suas explicações nem compartilha seu desespero ou sua impotência diante de um caso tão misterioso. Já não se mostra estimulado nem generoso e não o presenteará com outra intuição gratuitamente. O jovem Sureda está preocupado com o desafio que o espera. Novos casos de outras Bárbaras que, infelizmente, aparecerão, um a um, sobre sua mesa e que serão seus e somente seus. Por eles, sim, queimará as pestanas e terá insônia. Afinal de contas, o caso de Bárbara Molina é uma herança, uma velharia que caducou. No entanto, Toni Sureda finge interesse.

— Ficamos em Jesús López – comenta Sureda com seu antecessor, como se estivesse se dirigindo a um avô que está caducando e a quem tivesse de lembrar constantemente sobre o que conversavam, demonstra Lozano zangado. Ou melhor, é que Lozano, afetado pela iminência de sua aposentadoria, tem sido muito passivo.

— Jesús López sempre esteve presente aos interrogatórios, mas havia sido ofuscado por Martín Borrás – afirma Salvador Lozano, justificando não ser responsável por uma investigação sem foco. — Dava aulas de Ciências Sociais na Escola Levante, onde estudava Bárbara. A Escola Levante você sabe qual é. É aquela que está na rua Urgel, perto da Escola Industrial. Uma fundação que funciona graças a patrocínios do Estado, laica e que disponibiliza até o quarto ano da ESO. Bárbara frequentava essa escola desde os três anos, com os mesmos colegas. Era uma escola familiar, de uma só linha, onde alunos e professores se conheciam. Jesús López, ao concluir a licenciatura em Geografia e História, havia feito algumas substituições em alguns centros de Secundária, por duas vezes prestou concursos, mas não foi aprovado e, finalmente, aos 27 anos, conseguiu ser contratado na Escola Levante, graças às recomendações do professor de Física, Manuel Pons, um amigo de seu pai. Sendo assim, trabalhava havia quase oito anos. Loiro, sardento e desengonçado, aparentava dez anos menos do que tinha. Cultivava um estilo de ativista do Greenpeace defasado e militava como intelectual de cinema, filosofia e arte. Um professor jovem, cordial e, acima de tudo, amigável, que combinava perfeitamente com o estilo familiar e intimista do centro e que propiciou a relação entre professor e aluno fora da sala de aula. Levava os estudantes ao cinema, ao teatro, aos museus e a visitas culturais. Viajava todo ano a Roma com os alunos do quarto ano de ESO e passava uma semana em Tarragona com os do terceiro, a turma em que Bárbara estudava. Em algumas sextas-feiras à noite, terminava seus passeios culturais da última exposição do Macba[1] em algum bar da Raval, rodeado

---

1 Macba: Museu d'Art Contemporani de Barcelona (www.macba.es). (N. da T.)

de alunas brilhantes e bonitas. Claro que isso soubemos depois. Em maio de 2005, Jesús López era um professor reconhecido, apreciado, casado havia três anos com Laura Ventura, na época grávida, e pai de uma menina de dois anos. Morava em Les Corts e, todas as manhãs, pedalava até a Escola Levante.

"A primeira que o acusou foi Eva, a ex-amiga íntima de Bárbara. O segundo, foi Martín Borrás, o ex-namorado de Bárbara, e a terceira e definitiva testemunha foi sua tutora Remedios Comas, na qual paramos, novamente, seguindo a espiral.

"Eva nos alertou ao dizer, surpreendentemente, que sua disputa com Bárbara não tinha sido motivada por Martín Borrás, mas sim por Jesús López. Segundo a declaração de Eva Carrasco, e usando suas palavras, Bárbara lambia a bunda do professor, ria de suas piadas e fazia ola para ele. Era a favorita do círculo de alunos que o rodeavam, estava secretamente apaixonada e dançava ao ritmo dele. Tinha certeza que se encontravam sozinhos, com frequência, e que conversavam. Logo depois, vomitou um monte de acusações genéricas, verídicas ou não, contra Jesús López e seu comportamento suspeito com as alunas da Escola Levante, o que nos obrigou a repensar tudo desde o princípio.

" Você pode imaginar o escândalo que saiu na imprensa — Lozano pega uma página do *La Vanguardia* e outra do *El País* já amareladas. — "Professor acusado de pederasta, possível envolvido no caso de Bárbara" – recupera o fôlego. — "O pai da jovem desaparecida agride o professor acusado no caso." — verifica outros recortes e escolhe um do *El Periódico*. — "Escândalo em salas de aula."

"Foi divulgado, muito divulgado. Como um depósito de gás invisível que, em decorrência de um vazamento, estourasse na cara, repentinamente. Martín Borrás, em declarações anteriores, dizia que Bárbara sempre trazia o nome de Jesús López na boca, que falava sobre ele, com frequência, e que o professor tinha grande influência sobre ela. Não tinha conhecimento sobre possíveis encontros ou encontros secretos. Borrás não fazia parte do círculo escolar. Foram os colegas de sala que colocaram lenha na fogueira. Depois do depoimento de Eva, todos o acusaram. De repente foi dito o que todos sabiam, mas que ninguém falava: que Jesús López mantinha relações extracurriculares com alunas menores de idade. Sempre havia feito isso, desde o momento em que colocou os pés na escola. Já fazia sete anos que saía com grupinhos de alunas, garotas bonitas entre os 14 e os 16 anos. Saídas inocentes, maquiadas de pretensões culturais. Um pigmalião hábil e discreto que adulava seu intelecto e permitia brincadeiras e pequenas intimidades, roubadas como que por acaso. Uma mão amiga na coxa, um abraço carinhoso, um beliscão simpático nas nádegas, uma mensagem no celular, uma confissão íntima e uma certa excitação, um café a altas horas da noite, um passeio a dois. As confissões foram saindo e saindo com dificuldade. As garotas choravam e negavam qualquer malevolência. Era o herói, o líder, e as havia escolhido entre muitas outras. Não eram conscientes de serem as mais bonitas. Acreditavam, com certeza, que eram as mais inteligentes. O interrogatório das ex-alunas se mostrou mais fácil. A distância havia permitido que elas radiografassem com frieza o comportamento pueril de Jesús. Um imbecil. Um Peter Pan. Um infeliz. Um imaturo. Opiniões contundentes, seguras e arrepiantes. No entanto, nenhuma delas o acusou de abusos. Beirava a indecência, mas nunca a ultrapassava. Sem querer, havíamos descoberto a ponta de um iceberg enorme que flutuava à deriva, mas a mim somente me interessava Bárbara.

"A confissão voluntária de Remedios Comas, ao perceber a gravidade dos fatos, foi determinante. Mais uma vez nos sentamos frente a frente. Era uma mulher morena e atlética, sem maquiagem nem joias, vestida com a elegância de uma mulher madura. Divorciada havia uns 20 anos, tinha criado três filhos sozinha. Dizia tudo o que pensava e foi dura. Se tivesse decidido falar um mês antes, teríamos poupado um estudo inútil. Remedios Comas pediu para fumar e abri uma exceção. Fomos a uma cafeteria e, diante de dois pingados, me explicou que era fumadora intermitente e que logo deixaria de fumar outra vez. Acendeu o cigarro com estilo, deu uma tragada e soltou a fumaça, enquanto falava em tom azedo. Lembro-me perfeitamente de nossa conversa, palavra por palavra:

— Nunca gostei dessa relação de Jesús com as alunas – deixou escapar, repentinamente. — Os professores brincavam, mas eu não. Durante os últimos quatro anos fui tutora do terceiro ano e tive de apagar muitos incêndios. Jesús deixava-as deslumbradas, as educava nas esquisitices decadentes dos intelectuais esnobes e fazia que acreditassem que entravam pela porta da frente no mundo da cultura e das artes. Perfeito, as apresentava a Visconti, Sert e Picasso, mas brincava com seus sentimentos. Gostava que o admirassem, uma satisfação onanista, infantil, mas não se importava se machucava o coração delas. É muito fácil machucar o coração de uma jovem de 15 anos. Não sei se tem conhecimento – dizia-me com o cigarro na boca – mas se apaixonam e se impressionam com facilidade, são frágeis e, apesar do corpo de mulher, veem o mundo com olhos de menina. São ingênuas, trágicas e maximalistas. O ego dessas garotas oscila como o pêndulo de Foucault, em um dia pensam que são divinas, no outro, querem se suicidar – falava com ressentimento. Talvez contra si mesma, por não ter ousado dizer publicamente o que me dizia naquele momento. — Jesús escolhia de acordo com seu gosto, tinha a corte das concubinas e a cada ano coroava sua favorita. Às vezes seu reinado era grande, às vezes efêmero, dependia de como o vento soprava. Mas, claro, nunca passava dos limites, nunca ia além do que devia. Por isso consentíamos, deixávamos que fosse fazendo tudo isso. As saídas extracurriculares davam *status* à escola. Ninguém, em pleno século XXI, está disposto a filosofar sobre o surrealismo francês com os alunos em um sábado à noite. Não era perigoso, dizíamos como justificativa, era como um garoto travesso que abria os olhos das jovens para o mundo. A escultura grega, os românticos alemães, a pintura cubista, o cinema neorrealista. Até onde sei nunca houve nenhuma denúncia – acrescentou. Apagou o cigarro no cinzeiro e me olhou com uma expressão de culpa. — Eu deveria ter explicado muito antes o que vou contar agora – reconheceu — mas tive medo de abrir a caixa de Pandora...

"Em uma noite, na escola, há aproximadamente um mês, surpreendi Jesús López sozinho com Bárbara Molina no departamento de Ciências Sociais calou-se por alguns segundos. — Desculpe-me – disse. Sei que agora estourará o escândalo e que, de quebra, inclusive eu serei prejudicada. Não se pode imaginar o quanto é rápido sujar o nome de uma escola. Um rumor é como uma mancha de piche – eu a escutava com meus cinco sentidos. Era a informação mais inquietante que tinha ouvido no último mês. Remedios Comas respirou e continuou sua confissão. — Eram 22 h, na escola não havia nem o pessoal da limpeza, e eu havia esquecido as provas que devia corrigir durante o fim de semana. Não sei se sabe que a parte mais infeliz do trabalho do professor é a correção. Sendo assim, peguei a chave que somente os que fazem parte da equipe diretiva têm e segui para a escola. Não me importava que fosse uma sexta-feira, já estava acostumada. Às vezes me avisam quando dispara o alarme durante a madrugada e tenho de me levantar apressadamente e ir até lá. Sou a que mora mais perto, a duas quadras, nada mais que isso. Desta vez, no entanto, rapidamente notei que havia alguém na escola, pois a porta não estava fechada com duas voltas e o alarme tinha sido desligado. Subi com cuidado e ouvi vozes no segundo andar, onde estão os departamentos. Fui me aproximando com cuidado e vi um feixe de luz que saía por baixo da porta do departamento de Ciências Sociais. Fiquei escutando por um momento, e ouvi uns gemidos, alguém estava chorando. Havia uma garota chorando. Não perdi tempo e, sem pensar, abri a porta e encontrei Jesús López abraçando Bárbara Molina, que se desmanchava em lágrimas. Finalizaram na hora, tanto o choro como a conversa. Ambos ficaram me olhando com os olhos arregalados e assustados, ao serem pegos em flagrante. Ainda não sei qual dos três estava mais assustado. Acredite, não é agradável flagrar um professor em situação ambígua com uma aluna. Para ser franca, não detectei nada suspeito que pudesse ser classificado como um encontro amoroso. Deixando de lado a hora e o lugar onde estavam, nem a roupa, nem a atitude e nem os gestos escondiam ou davam a entender que os tivesse surpreendido em uma situação embaraçosa, porém era injustificável. Jesús López reagiu rapidamente e quis esclarecer os fatos, alegando que Bárbara estava com problemas e havia passado para lhe contar. Entretanto, era inadmissível, como pode compreender, que um professor se encontre com uma aluna menor de idade em um edifício completamente vazio. Além disso, Jesús López não tinha ou não deveria ter as chaves da escola e, em teoria, desconhecia o código do alarme. Fiquei desconcertada, mas não perdi o sangue-frio, e, de forma muito seca, pedi que viesse comigo para acompanhar Bárbara até sua casa. Caminhamos pela rua, os três em silêncio. Bárbara, no meio, sem contestar, estava consciente de que o fato geraria uma discussão. Deixamos Bárbara no portão de sua casa e pedi que me encontrasse no dia seguinte em meu escritório. Em seguida, fomos a um bar e ali, apenas nós dois, ele se desfez em explicações e desculpas. Estava perdido, angustiado, nunca o havia visto tão velho e acabado, desmoronaram os anos que dissimulava com tantos galanteios. Eu estava certa de que deveria comunicar o incidente à direção e Jesús me pediu que fizesse vista grossa. Estava arrasado. As lágrimas caíam pelo rosto, como uma criança, e inclusive usou como chantagem o filho que sua mulher estava esperando. Devolveu-me as chaves, envergonhado. Tudo tinha sido culpa dele, reconheceu com humildade para me predispor a seu favor. Bárbara queria conversar e ele tinha de ficar fazendo um trabalho na escola até tarde. A garota morava perto, alegava, e alegou que a cópia das chaves fez por precaução. Foi a primeira vez, jurava e jurava. Não acreditei, afinal alguém que tem a cópia de uma chave e consegue o código do alarme é um canalha profissional. Com quantas garotas terá se encontrado na escola, antes de Bárbara, eu me perguntava. Minha cabeça estava a ponto de explodir e fui para casa sem prometer nada. Disse que tinha de pensar com a cabeça fria. E de tanto pensar, não dormi nada durante a noite toda. Repetia para mim mesma que deveria falar imediatamente com a direção da escola, apesar de que isso condenaria um companheiro à expulsão, à vergonha ou ao divórcio. Mas era um adulto e já fazia algum tempo que estava pisando na bola. Dessa vez, havia passado do limite. A responsabilidade, no entanto, me pesava muito. Quem eu era para julgar uma pessoa, para desencadear uma tragédia? No dia seguinte, Bárbara veio à minha sala tremendo, como um cachorrinho assustado. Eu me apressei em tranquilizá-la e ganhar sua confiança – e, nesse instante, Remedios Comas ficou calada. — Mas não tinha e nunca tive a confiança de Bárbara. Ela não confiava em mim, por isso não me explicou nada, nem mesmo qual era o problema que queria contar a Jesús. Chorou o tempo todo, suplicando que não dissesse nada, repetindo que não havia acontecido nada entre eles, que simplesmente queria contar um problema muito pessoal e que isso nunca mais voltaria a acontecer. Fiquei rouca de tanto dizer que ela não tinha culpa alguma, pois era menor de idade, mas Bárbara insistia e insistia e, finalmente, me ameaçou com a arma que todos os adolescentes usam, às vezes, e que é muito perigosa. Meu pai não me perdoará nunca, afirmou, e, antes que se dê conta, me matarei. – Remedios Comas me pediu licença para fumar outro cigarro e confesso que também fumei. Ficou um pouco em silêncio, pensativa entre a nuvem de fumaça, envergonhada por ter tomado, provavelmente, a decisão errada, até que terminou sua confissão. — Não contei nada com a promessa de que nunca mais se aproximasse de Jesús López. Fiz isso por Bárbara, não por ele. Caso tenha cometido algum delito por ficar quieta até agora, desta vez assumirei minha responsabilidade – finalizou.

Sureda não disse nada durante o tempo todo. Foi visualizando a cena e quase ouviu e viu Remedios Comas e sofreu junto o dilema. Lozano está satisfeito. Percebe que comoveu Sureda, que conseguiu compartilhar com ele esses momentos tão delicados da investigação, quando pensava que já a tinha solucionado. Ao juntar os fatos e atribuir a Jesús os maus-tratos, os anticoncepcionais, o bloqueio sexual de

Bárbara, as notas e a fuga, tudo fazia sentido. Uma equação perfeita. O professor que havia passado dos limites, que tinha reagido com violência ou com agressividade pelo medo de ser descoberto, que tinha Bárbara encantada por ele, que talvez tivesse prometido coisas que não podia cumprir, era alguém que, definitivamente, significava um inimigo poderoso para Martín Borrás. Lozano se lembra da súbita ideia que teve de que, talvez, Martín Borrás tenha sido somente uma escapatória para Bárbara, uma porta aberta pela qual não pode passar.

— Sempre pensei que fosse um otário – ratifica Sureda –, mas um otário não é um assassino – acrescenta com voz sábia. Lozano se irrita interiormente com a soberba de Sureda. Como se fosse dono da verdade, como se fosse tão simples, como se a diferença entre um otário e um assassino fosse tão fácil, e continua como se não tivesse escutado seu sucessor.

— O certo é que o escândalo explodiu, efetivamente, e as profecias de Jesús se cumpriram, sua vida profissional e pessoal foram destruídas, mas não apareceu nenhuma prova que o vinculasse ao desaparecimento de Bárbara, nem que pudesse provar algum encontro sexual ou algum indício de violência. Revistamos o carro, a roupa, a movimentação do cartão de crédito, o vigiamos e grampeamos seus telefones, inutilmente. Negou tudo, várias vezes. Sendo assim, sem testemunhas e um corpo, não foi possível continuar a investigação. A esposa, apesar do ódio visceral que manifestou pelo marido, sempre declarou que Jesús López esteve com ela em Barcelona durante todos os dias da Semana Santa, e por mais que a polícia tenha se esforçado, ninguém conseguiu provar o contrário.

O subinspetor Sureda se levanta e olha o relógio.

— Algo mais? — pergunta como quem está terminando a conversa com um subordinado.

Está com pressa. De repente se lembrou de algum compromisso ou está com vontade de fumar. Não é possível saber, mas já está cansado de escutar e o interesse que demonstrava em relação a Martín Borrás não demonstra por Jesús López. Lozano, apesar de sentir-se desiludido, também tranquilizou seu ego. Sua intuição estava certa. Sureda é indiferente ao caso Molina. Os jovens não querem casos podres.

— Até logo, nos vemos na festa de despedida – e, ao sair pela porta, faz uma brincadeirinha: — Eu já suspeitava, mas aviso que nunca trabalharei como professor – Lozano fica sozinho, diante do caso de Bárbara Molina que jaz destruído sobre sua mesa. Hipóteses, nomes, um quebra-cabeças impossível que tentou encaixar milhões de vezes. Com certeza o nome do assassino está nestes papéis, junto ao nome de Bárbara. Também estão os celulares, as circunstâncias, os fatos e o misterioso destino do corpo da garota. O que ocorre é que já não tem forças para olhar e revirar tudo, já não consegue enxergar esse nome. Gostaria de colocar uns óculos e ser capaz de ler com clareza as letras borradas do caso. Mas tem certeza de que as lesões do corpo de Bárbara e o assassinato foram realizados pela mesma pessoa. Talvez, com sua aposentadoria, possam dar continuidade e solução ao caso. Talvez seja ele a variável que sobra na equação e, uma vez longe do caso, outros sejam capazes de fazer a leitura com a clareza que lhe faltou. Ele se levanta para ir dar um passeio antes do jantar de despedida, no qual o presentearão com o usual relógio e farão um brinde pela sua saúde.

Faltam seis horas, mas serão as horas mais longas de sua vida.

10. Eva Carrasco

Eva ficou sem graça. Nuria Solís abriu a porta de pijama, desalinhada, com um roupão por cima. Estava despenteada e com olheiras. Nos últimos anos, o cabelo ficou grisalho prematuramente, ainda que talvez não tenha se dado conta. Tem o aspecto de uma pessoa que não se olha no espelho, que não vive neste mundo. Parece uma pessoa doente em estado terminal.

— Eva! – grita impressionada, os olhos arregalados, como se não pudesse acreditar que fosse ela. E com toda razão, afinal não a visitou nenhuma vez desde a famosa coletiva que Pepe Molina deu para a Tele 5. Tentou várias vezes, em uma manhã se levantou dizendo hoje visitarei a mãe de Bárbara, mas sempre ocorria um imprevisto e, então, tinha uma desculpa qualquer para adiar a visita. Cada vez era uma coisa, o telefonema de uma amiga, o lançamento de um filme, e já faz três anos. Agora é uma mulher, e Nuria Solís a observa insistentemente. Estuda Eva com o mesmo interesse de alguém que estuda um manual de instruções para fazer funcionar uma lavadora. Estende uma mão para tocá-la e acaricia com suavidade o seu braço, o seu pescoço e a sua bochecha. Para a mão no rosto de Eva e o acaricia, lentamente. — Eva! – volta a exclamar comovida, a ponto de começar a chorar.

Eva, desconcertada, aperta a pasta contra o peito, para se proteger. Teme a descarga de emoção que sua presença provocou na mãe de Bárbara e que explodirá a qualquer momento. Efetivamente, Nuria Solís deixa cair os braços e os olhos se inundam de lágrimas. Seu corpo vai diminuindo à medida que abaixa a cabeça e afunda os ombros, o peito sufocado por um pranto calado, profundo. Percebe que Eva cresceu, tem corpo de mulher, amadureceu. Provavelmente, em um breve olhar, percebeu como Bárbara poderia ser se estivesse viva, uma estudante universitária com uma pasta cheia de anotações, uma garota que fez luzes no cabelo na semana anterior, que combinou com as amigas para jantar no *kebab* da rua Aribau, que no próximo fim de semana, sairá com um garoto que estuda engenharia industrial para assistir a um documentário no cinema Verdi, que prepara as férias nas Ilhas Gregas com a galera do Club Excursionista, e dá aulas particulares aos rapazes da farmácia da rua Diputación. Eva, deslocada, fecha a porta e abraça a mãe de Bárbara.

— Não chore – murmura em seu ouvido. Um pedido egoísta, pois não podia ver ninguém chorando. Bárbara também chorava. Quando discutiam, Bárbara sempre acabava chorando. "Eu gosto de chorar, confessava, fico mais tranquila." Já Eva não conseguia chorar, por isso não chorou por Bárbara e ficava com muita raiva que outras garotas da sala, que nem sequer a conheciam, protagonizassem aquela choradeira tão espetacular. Parecia que Eva não se importava nem um pouco com Bárbara. "Você é desumana" repreendeu Bernardo. E não era verdade. Sofria mais que Carmem, Mireia e Merche juntas, ainda que fossem mais chamativas e teatrais e aparecessem na televisão, porque os jornalistas são alucinados pelos acontecimentos desagradáveis das *teenagers* envolvidas em lágrimas. Claro que sofria. Sofria toda noite por Bárbara, imaginando sua morte de formas horrorosas. Afogada, queimada, cortada em pedaços. Sentia repulsa por tudo que tivesse relação com sangue. Facas, serras, estiletes. Seu subconsciente escolhia cenas *gore* que talvez tivesse visto em documentários ou lido em jornais e revistas e imaginava uma grande agonia e, acima de tudo, uma morte cruel. O que se poderia esperar de alguém que havia deixado tanto sangue em uma cabine telefônica? No entanto, nunca chorou, nem sozinha, nem diante das câmeras. Agora também não chora junto de Nuria Solís e, já que não se deixa levar pelo abatimento, trata de consolá-la e sussurrar-lhe palavras amáveis. Tem de convidá-la para sentar, de tomá-la pela mão e acompanhá-la em silêncio enquanto se acalma, pouco a pouco.

    Os gêmeos chegam da escola, sem fazer barulho, com a mochila nas costas e os olhos sem vida. Cresceram muito, se os tivesse encontrado na rua, não os teria reconhecido. Já têm pomo-de-adão, no meio do pescoço magrelo, que se move para baixo e para cima ao dizer "oi". São idênticos e fica difícil saber quem é o Xavi e quem é o Guilherme. Não querem conversa, apenas cumprimentam e vão para o quarto. Por isso nunca os tinha visitado, porque são uma família tétrica, como os Monster. A mãe se transformou em uma sombra do que era. Antes era bonita, jovem e sabia sorrir, mesmo sendo muito preocupada e extremamente dependente do marido, mas agora não dá um passo sem ele, não tem personalidade, é uma mulher indiferente e apática. Os irmãos não perturbam, é como se não existissem. Fecharam a porta e um buraco negro os engoliu. São dois garotos que temem criar problemas. Nuria Solís se acalma.

— Desculpe-me – diz. — Meu marido ainda não chegou, com certeza gostaria de te ver e cumprimentar. – Eva se senta enquanto pensa. O pai de Bárbara não está. Pepe Molina é diferente. Sempre foi, era quem tomava as decisões, quem controlava Bárbara, quem dava a palavra final quando era necessário. Bárbara adorava o pai, mas, também, tinha medo dele. Na atual situação, finge ser forte, mas, na realidade, é o que está mais triste. Foi o primeiro que soube como reagir, que procurou por Bárbara dia e noite, que não perdeu as esperanças, que foi conversar com ela, Eva, fazendo das tripas coração, com um sorriso na cara e a vontade de quem não se dá por vencido. Perguntou sobre todos os detalhes da relação de Jesús e Bárbara, e Eva não escondeu nada. Contou tudo e o pai soube ficar à altura. Foi até a casa de Jesús e deu-lhe um corretivo. Eva gostaria de ter visto. Como ficou feliz. Um tipo tão narcisista, tão convencido e tão covarde. Foi à revanche. O pai de Bárbara fez justiça e, a partir desse dia, além de respeitá-lo, porque era um homem que sabia impor respeito, Eva o admirava. Pepe Molina colocou Jesús no seu lugar – caso a polícia e os juízes não soubessem fazer seu trabalho. "Talvez, isso não servisse de nada", pensa. Mas é melhor quebrar a cara de um estúpido do que ficar em um sofá choramingando.

— E a que devo sua visita? – pergunta, de repente, a mãe de Bárbara. Eva se sente extremamente mal. Gostaria de dizer-lhe que tinha ouvido a voz da filha dela, mas não se atreve. E se for um alarme falso? E se na realidade não fosse Bárbara? E se tudo se complica e não conseguem encontrá-la? Mataria a mãe de Bárbara. Não se podem dar falsas esperanças a um moribundo.

— Estava passando por aqui, a caminho da escola de inglês e lembrei que tinha cinco minutos – mente com tranquilidade. Decidiu que não falará nada a Nuria Solís. Não seria capaz de assimilar, não poderia pensar com clareza, somente a maltrataria. Nuria Solís não é a pessoa que procurava. De fato, esperava encontrar o pai de Bárbara, ele, sim, merece confiança.

— E o que você está estudando? – pergunta Nuria Solís, sem vontade alguma de saber. Pergunta isso por obrigação.

— Jornalismo – responde Eva com voz baixa e temendo que Nuria voltasse a chorar, pois era a faculdade que Bárbara queria cursar, sempre diziam que escolheriam a mesma profissão e que depois seriam jornalistas internacionais. "Eu Tóquio e você Nova York. Ah é? E por que não o contrário? Sem problemas, você em Tóquio e eu em Nova York. Melhor para mim, não precisarei aprender a chatice do japonês." Bárbara sempre desconcertava Eva. Nunca chegou a conhecê-la totalmente. Quando eram muito amigas e pensava que podia ler seus pensamentos, dava-se conta de que Bárbara tinha mais coisas para contar. Escondia coisas de Eva, era seu estilo lunático. Tinha dias bons e dias ruins. "O que acontece?", perguntava Eva, já sabendo de antemão a resposta reservada de Bárbara. Nada. Sabia, no entanto, que mentia, porque era uma mentirosa. Lembra-se da confusão que aconteceu com Martín Borrás. Negou, por mais de dois meses, o que era evidente. "Onde você estava ontem à tarde?", perguntou um dia em que tinha certeza de que estavam namorando no Guito, diante de uma Coca-cola esquecida. "Fui às compras com minha mãe", mentiu Bárbara. "Ah é? E o que você comprou? E porque isto lhe interessa?" Quando Bárbara ficava agressiva e teimava com alguma coisa, Eva recuava. Talvez nunca tenham sido amigas de verdade. Talvez tenha imaginado e só isso. É possível radiografar o coração e a alma das amigas, e Bárbara era um documento X. Sempre com mistérios.

E, de repente, a porta se abre com energia e se ouve uma voz forte que grita um "oi!" que ecoa contra as paredes vazias e tristes, uma voz acompanhada de passos seguros, ritmados, que avançam fortemente pelo corredor. O coração de Eva dispara. É o pai de Bárbara! É Pepe Molina, o único ser vivo da casa. Ele fica surpreso ao encontrá-la sentada no sofá, ao lado de sua mulher.

— Oi, Eva! O que você está fazendo por aqui? – pergunta diretamente, sem rodeios e sem se entregar às emoções. Eva se levanta rapidamente.

— Passei um minuto para vê-los – Pepe Molina se aproxima e lhe dá um beijo. Está magro, mas não esquelético como sua mulher, e não tem cabelos brancos. É atlético. Sob o terno impecável, é possível identificar um corpo bem distribuído, harmonioso, nem muito alto nem muito baixo, como as esculturas greco-romanas, como Bárbara. O corpo de Bárbara era um manual de anatomia, reconhece Eva com um pouquinho de inveja. Bárbara usava 38 sem um grama de gordura, e tinha o mesmo cabelo castanho e enrolado do pai. O restante, a expressão doce do rosto, o sorriso e os olhos travessos eram da mãe.

— Nuria, você perguntou a Eva se ela gostaria de tomar alguma coisa? – a mulher se levanta no mesmo instante, como se despertasse bruscamente de uma sesta.

— Desculpe-me, você gostaria de tomar alguma coisa? – pergunta Nuria. Eva se apega à possibilidade como a um ferro candente.

— Um café, obrigada — responde rapidamente. Nuria Solís vai à cozinha, e Pepe Molina senta-se diante dela, inquisitivo, inteligente, intuitivo.

— Você quer me dizer alguma coisa, não é? — percebe que existe algum motivo especial e, assim que Nuria sai da sala, Eva inclina o corpo para frente para fazer a confidência sem que ninguém mais a ouça. Fala rápido, temendo que, a qualquer momento, ela volte e pergunte se quer o café com leite ou puro, e os surpreenda.

— Bárbara ligou para mim — diz Eva sem cerimônia.

— O que você está dizendo? — a surpresa do homem é imensa.

— Bárbara te ligou? — repete balbuciando.

— Sim, está viva, pude escutá-la, ela falou comigo — o pai põe as mãos na cabeça e fecha os olhos por alguns instantes. Está abatido, não consegue digerir a informação, e Eva teme que tenha um infarto. Empalideceu, mas não está chorando, em seguida recupera a cor e a voz.

— O que ela te falou? Onde ela está? — só então, Eva reconhece que não sabe quase nada.

— Foi uma ligação muito curta, somente gritou me ajude e disse que era ela, Bárbara, e era verdade, era ela, eu reconheci a voz. Não sei onde está e nem onde esteve durante todo este tempo. Tentei entrar em contato novamente, ligando para o mesmo número do celular que ela usou, mas não completou a ligação — Pepe Molina fez um movimento involuntário com a cabeça.

— Um celular? Ela te ligou de um celular? Você sabe o número? — Eva pega a agenda onde marcou o número e dita. O pai de Bárbara está tão impaciente e nervoso que não encontra uma caneta nem um papel, e de repente se volta para Eva. — Arranca a folha e me dá – ordena. Mas Eva já havia encontrado uma caneta e estava terminando de anotar o número no canto de um caderno que estava sobre a mesa. As mãos de Pepe Molina, ao rasgar o papel, estão trêmulas.

— Você disse que ela não atendeu? Não completou a ligação, como se tivesse acabado a bateria ou não tivesse cobertura.

Pepe Molina se levanta, pega o telefone sem fio e disca, espera uns segundos e desliga. Ele também não conseguiu fazer a ligação, pensa Eva. O homem respira fundo, está pensando.

— Você contou alguma coisa para Nuria? – pergunta, de repente. Eva nega com a cabeça.

— Não pude contar, está muito deprimida, só por me ver começou a chorar – Pepe Molina não relaxa.

— Você fez bem, devemos agir com a cabeça fria, e Nuria não sabe – Repentinamente, fica sério. — Você tem ideia de onde ela esteja, passa algo pela sua cabeça que possa nos ajudar? E desta vez Eva conta o pouco que sabe.

— Uma vez, pouco depois do desaparecimento de Bárbara, fui a uma casa de Martín Borrás, em Rosas. Ele disse que ia buscar algo na adega e me pediu que eu esperasse. Como demorava muito para voltar, fui atrás dele, mas não cheguei a descer, ele me encontrou abrindo a porta e reagiu de forma muito agressiva, como se tivesse alguma coisa escondida que não quisesse que eu descobrisse – Eva está trêmula e baixa os olhos. Pronto. Contou. Contou e pôde poupar os outros detalhes. Não foi necessário explicar o que fazia ali, nem por que foi até lá.

Pepe Molina também está calado, e se senta. Mexe a cabeça de um lado para o outro, incrédulo, com assombro, como se não acreditasse.

— Você está me dizendo que aquele infeliz deixou minha filha presa por quatro anos na adega de sua casa?

— Não, não – retifica Eva, assustada pelo que acaba de sugerir. — Eu somente disse que escondia algo, mas ignoro o que pode ser. Mas é a única coisa que me ocorreu – porém Pepe Molina, de repente, se coloca de pé e já não a ouve mais.

— Pode deixar que agora é por minha conta, entrarei em contato com a polícia, você pode esquecer tudo isso – disse resoluto. Mas te peço muita discrição, não fale com ninguém sobre isso, é muito perigoso que esta informação saia daqui. A vida de Bárbara, e sua voz oscila, está em jogo. Você entendeu? – Eva entendeu tudo perfeitamente e é exatamente o que esperava ouvir. Por isso foi encontrá-lo. O homem a liberou da responsabilidade, já não carrega nenhuma carga sobre os ombros, já não cabe a ela tomar decisão alguma. Agora tudo seguirá seu curso, tudo começará a ser solucionado e, em breve, poderá ler na imprensa a notícia do aparecimento de Bárbara. E a partir daí, poderá dormir tranquilamente, sabendo que Bárbara não desapareceu, que seu desejo perverso não foi realizado e que não é culpada de nada.

No momento em que Nuria Solís entra na sala com uma bandeja, trazendo o café e uma xícara, Eva está dando um beijo no rosto de Pepe.

— Já está indo? – pergunta, desolada.

— É que estou com muita pressa – desculpa-se Eva. Nuria Solís fica com a bandeja na mão, perdida, como uma criança que foi enganada.

— Mas você me pediu um café... – o marido a interrompe, bruscamente.

— Você já ouviu, ela está com pressa. – Nuria Solís fica calada e não protesta mais. Eva sente pena dela.

— Muito obrigada pela visita – murmura, com os olhos brilhantes. Eva lhe dá um rápido beijo no rosto, enternecida pela fragilidade da mulher, e vai embora com a tristeza de não ter podido dar a notícia que, se fosse certa, lhe devolveria a vida. Logo, logo se reanimará e voltará a sorrir.

Ela, assim como Bárbara, também esconde segredos.

SEGUNDA PARTE

Às escuras

11. Nuria Solís

Nuria Solís está angustiada. Duas visitas que a fazem lembrar Bárbara, em um mesmo dia, é emoção demais. A visita de Eva, especialmente, a deixou chocada. Ela a conhecia desde o jardim de infância. Viu Eva crescer ao lado de Bárbara. Abrir a porta e vê-la ali foi como retroceder em um túnel do tempo e viajar para cinco anos atrás, quando Eva tocava a campainha da casa todos os dias, metia-se como um raio no quarto de Bárbara e, então, começavam as gargalhadas. "Vou fazer xixi na calça de tanto rir", gritava Eva. Perguntava se queriam comer alguma coisa, mas retrucavam. Ela as estava atrapalhando. "Pare, nos esqueça! Não queremos nada!" Queriam ficar juntas para conversar, fazer piadas dos professores e dos colegas de classe, conectar o MSN, colocar fotos na internet e sonhar.

Ela não sabe o que fazer com a bandeja que segura em suas mãos. Não sabe se toma o café ou joga fora.

— Você quer o café de Eva? – pergunta a Pepe, que foi trocar de roupa, colocar algo mais confortável, como sempre faz ao chegar em casa, e substitui seu terno impecável por um jeans e uma camiseta simples. Pepe estava mais apressado do que nos outros dias.

— Anda logo, sai do meio e deixa isso lá na cozinha – fala de forma estúpida para Nuria ao passar a seu lado para começar a remexer nas gavetas, como um louco. Está preocupado com alguma coisa. Sempre tem coisas para resolver, é um homem de ação, e pessoas como ela, plantada no meio do caminho, atrapalham. O que passa pela cabeça de Nuria é ele que talvez vá ver o subinspetor Lozano, para se despedir. Vai discretamente para a cozinha e não pergunta nada. Faz tempo que não pergunta nada. Pepe entra e sai, faz e desfaz enquanto ela se senta no sofá, como os avôs nos parques, e o observa passar de um lado para o outro. Sente-se cansada e incapaz de seguir seu ritmo. Já não saem de férias, não passeiam nos fins de semana, não recebem amigos nem combinam de jantar na casa de ninguém. "Deveríamos vender a casa de campo de Montseny", diz Pepe, às vezes. E tem razão, porque está toda acabada e a manutenção dá trabalho e gastos, mas ela resiste, é a herança de seus pais, e Elisabeth, ao saber, gritou aos quatro cantos. "Você está louca? É o único bem que está em seu nome! Além disso, há o cachorro. O que fariam com um cachorro em casa?" Tanto faz, não colocará a casa à venda porque não se vê capaz de pôr um anúncio, de mostrar a casa, de discutir com os possíveis compradores. Deixa esse problema de lado, e afirma para si mesma que resolverá amanhã. Diariamente assume o que é imprescindível e deixa o resto para o dia seguinte. E no dia seguinte torna-se ainda mais difícil.

— Vou sair, não me espere para jantar – avisa Pepe depois de trocar quatro importantes palavras para cumprir o protocolo com os gêmeos.

Não faz isso com muita frequência, mas os garotos, de vez em quando, necessitam. Recomendou a eles que estudassem e que não permitissem humilhação por parte de ninguém. Pepe se entristece muito por não serem brilhantes como Bárbara, que se conformem em ser garotos de segunda categoria, tímidos e invisíveis. Mas não teve tempo de educá-los como gostaria.

— Tchau — fala sem mal olhar para Nuria ou lhe dar um beijo de despedida, pois já não se beijam. Distanciaram-se. Talvez já estivessem longe um do outro, mas o desaparecimento de Bárbara foi um terremoto e as fissuras se transformaram em abismos. Às vezes, pergunta-se o que pensará o marido quando olha para ela. O que ele vê? Por que continuam juntos? Talvez seja a lembrança de Bárbara que os mantenha juntos. É o único motivo. Essa é a rotina e a sua incapacidade de agir. Queria acender um cigarro, mas sabe que estaria se enganando, o mesmo ocorreria se tomasse um gole de conhaque. Não a ajudariam a conviver com a angústia que sente. Por isso precisa do marido, para que pense por ela e a impulsione para continuar vivendo. Às vezes, no entanto, quando se irrita, tudo se desequilibra, aprendeu a aguentar os sermões de cabeça baixa. Antes se atrevia a alterar a voz de vez em quando, discutia, encarava Pepe e defendia seu ponto de vista sobre a vida e sobre os filhos. Pepe errava por ser tão excessivo. Era excessivamente veemente, excessivamente sensacionalista, excessivamente autoritário. Mas, ao contrário dela, tinha princípios e crenças a defender, e era coerente com suas ideias. Acreditava na família, no amor do casal, no valor da autoridade paterna, nos projetos em comum. Já ela duvidava de tudo e continuamente retificava, levando tombos, sem direção. Improvisava, como se a vida fosse um experimento contínuo. Não haviam incutido nela os princípios estritos com os quais concordava Pepe. "Você é uma desmiolada", disse-lhe Pepe quando se conheceram. E era verdade, sempre teve a cabeça cheia de minhocas, apaixonava-se com facilidade, era inconstante e não parava quieta. Subia montanhas, viajava com a mochila nas costas e o InterRail[1] no bolso, trocava de namorado como quem troca de camisa, inscrevia-se em cursos de fotografia, de idiomas, era muito inquieta, faltavam-lhe equilíbrio e serenidade. Sorte de Pepe. Não sabe o que seria de seu calvário sem o apoio do marido, sem sua presença, por essa razão suportou as repreensões e o distanciamento. Outro a teria deixado. Outro teria apontado a porta da rua. Era o que sempre temia quando a olhava com aquela expressão severa que, sem palavras, lhe dizia: "Você errou, foi você que fez com que Bárbara fugisse de casa, que a deixou escapar, que não soube educar com pulso firme". Não pode acabar com essa amargura interior. "Deixe que aprenda com seus erros", dizia Nuria. "Há alguns erros que pagamos pela vida inteira", respondia Pepe. E essa resposta a incomoda tanto quanto uma enxaqueca constante. Erros, erros, erros. Quantos erros cometeu? Por que a empurrou para os braços de Martín Borrás? Por que lhe deu asas? Por que não a controlou? Por que não conseguiu prever os perigos que a esperavam? Por quê? Ela se tortura, tentando lembrar quando começou a estragar tudo, em que momento deveria ter confiado nos critérios de Pepe e não nos seus. Talvez, quando Bárbara era pequena e preferiu o pai? Talvez, quando ela, magoada, mas feliz, não fez nada para conquistá-la? Talvez, quando repentinamente se apagou o verão quando tinha 14 anos? Talvez, quando ficou obcecada em recuperá-la à força? "Deixa a menina sossegada", dizia Pepe, "vai passar", já Nuria ficava irritada. "Mas não quer sair de casa, não quer ver ninguém." "E o que é que tem?", dizia Pepe, "não seja impaciente." Mas

---

[1] InterRail: passe com o qual é possível viajar, por preços especiais, pelos países da Europa. (N. da A.)

foi impaciente, e pediu ajuda a Eva, para que a animasse a sair como antes, foi ideia dela a inscrição no Club Excursionista para conhecer gente nova. Definitivamente, foi ela que incitou Bárbara a se pentear, a se apaixonar e desfrutar de seu corpo. Bárbara passou do abatimento à loucura. Perdeu o juízo por causa daquele rapaz. Logo soube que estava apaixonada por Martín pela forma de se olhar no espelho, de pintar os lábios, de esperar uma ligação, de espiar pela janela para vê-lo esperando-a, encostado no portão de sua casa. E, ao invés de observá-la e repreendê-la, dizendo que era muito jovem, empurrou a filha para os seus braços e a deixou subir em sua moto sem adverti-la que poderia levar um tombo. Deveria ter percebido que Martín Borrás era mais velho, mais exigente, mais impaciente, que quase não o conhecia, que não sabia nada de sua família, que talvez fosse um rapaz violento, que usaria a força, que o amor é cego e que, às vezes, mata. Nuria Solís não fala, mas tem certeza de que Martín Borrás matou sua filha. Tudo começa e acaba com Martín Borrás. Não sente ódio, somente culpa. Ela e Martín eram os únicos que tinham visto o corpo de Bárbara nu. Um corpo jovem, cheio de hematomas e machucados nos antebraços. Deveria ter falado sobre isso com Pepe, deveria ter colocado Bárbara contra a parede com mais contundência, fazer com que falasse, confessasse que Martín a havia violentado, que tomava anticoncepcionais por causa dele, que se entregava porque estava apaixonada. Mas foi egoísta e evitou a briga. Teria de aceitar a derrota de seus métodos, e seu orgulho falou mais alto. Fez vista grossa evitando a ira de Pepe, que explodiu ao descobrir que seu radicalismo não era infundado. Não disse nada a ninguém e acreditou que tudo se ajeitaria, pois não se pode ensinar a vida a ninguém e cada um tem de aprender a vivê-la. Estava certa de que, com o tempo, Bárbara iria amadurecer, aprenderia com a experiência e estaria vacinada contra sofrimentos futuros. Mas Bárbara ficou sem futuro. Erros, erros, erros. E volta a esse beco sem saída no qual ficou presa, sem remédio. Quando se deu conta de que Bárbara não era sua e que perdia o controle sobre ela, de que não aceitava carinhos e de que escondia a cabeça debaixo do lençol, dizendo "Me deixa, mãe, saia daqui, você não entenderia". Por egoísmo foi covarde e carregará para sempre o arrependimento e o remorso por ter sido tolerante, que é e foi uma forma bonita de classificar a inconsciência. Foi irracional e imprudente, e pagou caro por isso.

Depois da fuga e do desaparecimento de Bárbara, Nuria desmoronou, incapaz de levantar a cabeça, de enfrentar seu fracasso, de encontrar forças e seguir acreditando em alguma coisa, para criar seus dois filhos sem rancor. Infelizmente, já estavam marcados pela ausência de Bárbara. Há algo que a aterroriza e que não confessou a ninguém. Não consegue amar os gêmeos com a mesma intensidade com que amou Bárbara. Tem medo de sofrer e, toda vez que olha os garotos, algo dentro dela a detém. Tenta saber quem são, o que pensam mas eles escondem dela tantas coisas como fez Bárbara, e admite que desperdiçou sua vida estragando uma família, a que tinha sonhado em construir, manter e confortar, apesar das dificuldades.

Algumas vezes, Elisabeth tenta tirá-la de sua letargia e lhe mostra fotografias de quando eram crianças, de quando eram jovens. Faz com que se lembre de como era animada, quando subia o Matagalls com Bárbara, na bolsinha canguru, ou quando esquiava com Bárbara entre as pernas no Font-Romeu, ou quando a colocava dentro do carro e ia acampar, aventureira, sem medo do desconhecido. Não reconhece aquela garota sorridente que se apaixonou por Pepe no hospital, quando ele foi internado em razão de uma úlcera de estômago, e ela o animou, dizendo que não era nada. Talvez tenha errado como entusiasta. Mas teve de aprender a ser realista e deixou a faculdade de medicina. Era impossível trabalhar, terminar os estudos e criar um bebê, mas ela, teimosa como uma mula, não queria aceitar. Quando Bárbara nasceu, um acidente maravilhoso, faltava apenas um ano para terminar a faculdade de medicina e acreditou que pudesse continuar, pois não estava disposta a renunciar. Pepe fez com que percebesse a infantilidade de sua atitude. Ele também gostaria de ter estudado economia, afirmou ele, mas teve de escolher um trabalho prático e que pagasse bem para assumir suas responsabilidades. Nuria, com frequência, recrimina-se por seu egoísmo, pois nunca ninguém a havia censurado até conhecer Pepe. Às vezes se esquecia, inclusive, de que tinha namorado. Preocupava-se apenas com seu próprio benefício, sua satisfação. Queria ir ao cinema, sair com as amigas, fazer as mesmas coisas que fazia quando estava sozinha. Pepe a ensinou a amar, colocar o eu depois do você, a abrir as portas fechadas, compartilhar os segredos, por mais dolorosos que fossem, aceitar as misérias e reprimir os impulsos que a levavam longe, rumo a fantasias infantis que faziam com que esquecesse as obrigações que tinha em relação aos demais. Talvez, tenha perdido amizades e família pelo caminho. Talvez, tenha se desligado do mundo e tenha ficado sozinha. Mas tinha Pepe.

E agora, que já não tem impulsos, desejos ou segredos, pode ver a decepção nos olhos dele. Já faz muitos anos que não fazem amor, e é melhor assim. Dormem separados, conversam somente o necessário. No entanto, ele não fez as malas nem a abandonou. Está agradecido a ela. Convivem sob o mesmo teto e simulam uma farsa. Compartilham uma mentira piedosa.

Não resta nada do casal, tudo se transformou em cacos, como a esperança de encontrar Bárbara, como a chama da ilusão que nunca havia sido apagada completamente até o desaparecimento de Bárbara.

E ainda assim reconhece que, às vezes, ele é amável e a trata piedosamente.

Já não inspira amor, somente compaixão.

12. Bárbara Molina

Estou assustada, não fiz bem, nunca faço nada bem. Não deveria ter ligado para Eva. Com certeza ainda me odeia, não me perdoou, deve me amaldiçoar todas as noites e está feliz com meu desaparecimento. Agi mal com ela, éramos amigas e eu a enganei. Roubei Martín dela e nem sequer pedi desculpas. Ele tem razão, sempre tem razão, diz que acabei com a vida dela. Qualquer coisa que eu faça, sempre consigo estragar tudo. Não posso tirar a sujeira de cima de mim, não posso, ainda que esfregue meu corpo com uma bucha até sangrar. Quando fica irritado, ele me diz que uma pessoa como eu merece morrer, e é exatamente nisso que todos acreditam. Estou morta e não deveria ter tentado entrar em contato com os vivos. Aqui é o lugar onde devo ficar, dentro de um buraco, abandonada, no escuro, como um animal. Às vezes me reconforta que acreditem que eu esteja morta, a morte me salvou e me transformou em uma doce lembrança e uma alegre fotografia de uma jovem garota a quem todos perdoam. Não sabem que eu sou má, ou esqueceram. Melhor. Ele é a única pessoa que não posso enganar. Caso eu saísse daqui, ficariam horrorizados com meu aspecto de mulher. E a uma mulher já não se perdoam as coisas que faz. Ele não para de repetir isso para mim, dia e noite. Não sei como, mas levo a maldade no sangue. Ele também foi um capricho meu, fui eu quem o procurou, quem o atraiu, quem o seduziu. Eu acabei com a vida dele. Meu egoísmo não tem limites, sempre desejei o que não era meu e fui ambiciosa e mesquinha. Quis as notas mais altas, o brinquedo do vizinho, o namorado de minha amiga, e consegui tudo agindo erroneamente. Sou uma bruxa. Sem dúvida alguma, esse foi o motivo que me levou a conquistar Martín Borrás. Para ferir Eva, para mostrar que eu era melhor que ela. Provavelmente eu não controlava. Às vezes, acho que sei por que faço as coisas, e outras vezes me dou conta de que nem eu mesma sei. Será que estou louca?

Eu já sabia que Eva estava apaixonada por Martín Borrás havia alguns meses e o conhecia muito bem, de tanto ouvi-la falar, mas nunca o havia visto pessoalmente. Era seu monitor no Club Excursionista, seis anos mais velho, um garoto que era DJ em uma discoteca à noite, que tinha moto, que tinha viajado para Nova York e Tóquio, as cidades que nós duas sonhávamos em visitar algum dia, e era parecido com Brad Pitt. Dominava em outros territórios, mas, no bairro, era tido como bom rapaz. Seus pais o haviam obrigado a trabalhar como monitor em razão de uma história com drogas, a qual tenho pouco conhecimento. Uma espécie de trabalho social estúpido, talvez aconselhado por algum psicólogo puritano. Martín não se importava nem um pouco com a turma de garotos, com as excursões; para ele era um sofrimento cantar músicas e preparar jogos à noite. Sempre que podia, conseguia se safar, inventava mentiras pavorosas e, à noite, quando todos estavam acampados, pegava a moto para ir para a *night* e voltava de madrugada, com olheiras até os pés. Os outros monitores estavam desconfiados, mas não falavam nada. Seus pais acreditavam que tinha passado o fim de semana na montanha, respirando ar puro e que era um bom rapaz. Isso tudo foi Eva quem me contou. Acho que antes de conhecê-lo já estava predisposta a me apaixonar por ele. Afinal, era um mentiroso e um trapaceiro como eu, um tipo que sempre procurava conseguir o que desejava, mas, como eu, não conseguia. Éramos almas gêmeas. Não sei se tinha pensado nisso, mas tinha uma fraqueza pelo personagem. Um canalha.

Foi amor à primeira vista. Bastou um olhar e gostamos um do outro. Não sei se Eva já tinha falado de mim para ele. Só sei que, quando me viu, deu uma piscada, e eu correspondi. Imediatamente me olhou dos pés à cabeça, com um sorriso que me deixou sem graça. Na hora, senti-me nua e tive vontade de beijá-lo. Foi muito forte, mas disfarcei para não me jogar em seus braços. Eva não percebeu nada. Pior, achou que eu estava com vergonha e tentou fazer com que ficássemos amigos. Eva era muito boa e um pouco tonta para essas coisas. Além disso, era tão estúpida que não sabia aproveitar as qualidades que tinha. Seus seios eram como dois melões e, em vez de mostrá-los, escondia-os, dizia que tinha vergonha. Éramos muito unidas até aquele verão, antes que tudo acontecesse e que ficasse contra mim quando tentei colocá-la como cúmplice de meu problema. Antes de me ouvir, aliou-se a meus pais, que fizeram sua cabeça. Por isso, nunca mais lhe contei nada. Não valia a pena. Não teria acreditado em mim e, também, não poderia me ajudar. Ela sabia que eu escondia coisas dela, mas não insistia. Ela e minha mãe me convenceram a ir ao Club Excursionista e mudar de ares. Diziam que eu devia acabar com a tristeza e sair de casa, e foi o que fiz. Mas, assim que Martín Borrás me olhou, entendi que não poderíamos continuar sendo amigas, "ou Martín ou Eva", pensei. Escolhi Martín. Eva já não era minha amiga, era amiga de minha mãe e de meu pai, mas não minha. Ou, provavelmente, nem pensei, simplesmente fiz o que meu corpo pedia. As complicações vieram depois.

Nessa mesma noite, ao sair da paróquia, vi que estava entretido, tirando o cadeado da moto e me olhando de soslaio. Menti para Eva, dizendo que tinha esquecido o celular lá dentro e, ao sair, minutos depois, com o coração a mil, Martín, com o capacete na cabeça, ainda não havia ligado a moto. Era óbvio que estava me esperando. "Você quer que te leve a algum lugar?" Parecia um profissional, e respondi que sim, agradeci, acrescentando que não morava muito longe, e que tinha muita vontade de andar de moto. Agarrei-me com força e, ao abraçar suas costas e envolvê-lo com meus braços, senti um formigamento nas pernas que me fez estremecer. Antes do primeiro beijo, conversamos no MSN e trocamos SMS. Após dois meses marcávamos encontros escondidos de Eva e de todos. Para mim, também era melhor que minha família não soubesse de nada. Inventava desculpas, provas, trabalhos e saídas. Finalmente, aconteceu o inevitável: discuti com Eva. Estava enciumada, sentida, e acusou-me de tê-la enganado, de mentir para ela. Tinha toda a razão e fiquei sozinha, sem nenhuma amiga, pela primeira vez na vida, e quando mais necessitava de companhia. Tinha apenas um namorado, e apeguei-me a ele como se fosse minha vida. Queria experimentar o amor com Martín e esquecer tudo o que havia me acontecido. Dizia a mim mesma que não tinha sido nada, um deslize, um equívoco que não se repetiria nunca mais, mas às vezes, ao pensar nisso, escurecia-me a vista e queria morrer. Não conseguia me concentrar nos estudos, sentia-me suja, tinha saudades de Eva e acreditava, ingenuamente, que me apaixonando por Martín eu poderia me sentir menos suja. Ou talvez nem pensasse nisso. Sentia algo por ele e o desejava, e nada mais. Eu me vestia para ele, me penteava para ele, mas uma vez, quando se aproximou de mim pelas costas, devagarzinho, e beijou o meu pescoço, gritei como uma louca, como se tivesse me enfiado uma faca. Eu mesma me assustei com minha reação, porque fui instintiva. Tive medo, como a primeira vez quando colocou a mão por baixo da minha saia e eu a tirei, violentamente. Martín se chateava, claro. "Você não é uma garota fácil, é cheia de chatices." Eu ficava quieta. Durante a noite, sonhava com ele, beijava-o em meus sonhos, mas quando estava com ele e sentia sua mão sobre minha pele e sua respiração quente, excitada, me dava um calafrio e meu corpo ficava imóvel, como se estivesse morta. Ficava fria como uma pedra de gelo e inventava desculpas para sair correndo. Demorou até que eu relaxasse e me acostumasse com seus carinhos, com seus lábios brincando em meu pescoço, me dando mordidinhas, fazendo cócegas no lóbulo da minha orelha, enquanto sussurrava coisas bonitas ao meu ouvido. Nunca suportei que me abraçasse pelas costas, mas pouco a pouco fui capaz de aceitar seus beijos e de sentir prazer com suas carícias. Reconheço que estava apaixonada. Não tinha direito, mas estava, ou queria estar. E quando pensei que sim, que tudo ia bem, que era uma garota como qualquer outra, aconteceu novamente. E desta vez foi definitivo.

Era Natal, e pegou-me desprevenida. Estava muito distraída com Martín e não tive cuidado. Estava com ciúmes. Podia ver em seus olhos. Ele me acusou de estar saindo com um desconhecido, de ser uma vadia, de o estar traindo, e me bateu até que eu ficasse moída, ameaçando-me para contar tudo. Na escola, estava um inferno, em casa, vivia outro inferno, a relação com Martín se transformou em um inferno e Eva tinha me mandado para o inferno. Não era capaz de sair do inferno. Estava me queimando, e não tinha outro remédio a não ser me deixar queimar pelas chamas. No entanto, não perdia as esperanças de me salvar das mãos de Martín ou de fugir com ele, para longe, em sua moto, com o vento na cara e sem destino. Por três vezes tentei fazer amor com ele, e em todas fugi assustada, até que na última, no primeiro dia de férias da Semana Santa, tomei uma decisão definitiva, marquei um encontro, na casa dele, e jurei que passaríamos a noite juntos.

    Ele estava me esperando com um sorriso e com o cenário pronto, acendeu velas em volta do tapete, espalhou almofadas, como por coincidência, e tocava, premonitoriamente, "Love is dead" de Tokio Hotel. *We die when Love is died. It's killing me. We lost a dream we never had.* Ele me ofereceu um copo com uma bebida inventada por ele, e que, segundo ele, era explosiva. Bebi sem perguntar o que era e, em seguida, notei um formigamento e uma alegria contagiosa que fez com que me sentisse leve. Rapidamente, a forma e a cor dos objetos mudaram, e senti uma vontade louca de rir e de dançar. As notas musicais se espalhavam por todo meu corpo, flexível como um bambu, mas ele tinha as mãos frias, muito frias enquanto se esforçava para desabotoar minha blusa, pedi que parasse, pois eu não queria, que me deixasse dançar um pouco, mas não se importou e continuou a tirar minha roupa. Gritei, porque o frio havia se transformado em nojo. Então me jogou no chão, segurando minhas pernas e meus braços violentamente, com todo o peso de seu corpo, e giramos sobre o tapete em uma briga desigual. Eu resistia, mordendo e esperneando, mas sabia que ele tinha chances de ganhar. Eu me desesperei. Aquilo não era estar apaixonado, aquilo não era uma história de amor.

Comecei a chorar, angustiada. Então, ao me ouvir chorando, ficou paralisado, como se acordasse de um pesadelo. Ele se levantou, tirou o cabelo do rosto e disse para eu ir embora. Sim, ainda ouço as palavras dele. Vá embora! Pegou minha roupa e minha bolsa e me jogou na cara, com ressentimento: você é uma provocadora. Já na porta, menti para ele, dizendo que era virgem.

Eu sou má, e estava apenas me aproveitando dele. Sem dúvida nenhuma, não estava apaixonada. Ele me disse que não sei o que é estar apaixonada. Que pessoas como eu não sabem amar. Ao pensar nisso me dou conta de que Martín Borrás foi um dos maiores erros que cometi.

Eu quis saber o que era o amor, e isso me custou a amizade de minha melhor amiga.

13. Salvador Lozano

As pernas o levaram até o apartamento de Jesús López. Não foi programado, mas foi até lá por curiosidade, porque havia dias não passava por lá e queria deixar o processo atualizado para Sureda. Uma desculpa tola. Entra no bar da esquina, onde Jesús toma o café da manhã todos os dias. O garçom, de camisa branca e gravata-borboleta preta, comete o pecado de ser do Betis[1] e gostar de discutir futebol, mas essas coisas não são importantes para os policiais que devem deixar de lado os *hobbies*. Cumprimentou Lozano e o pôs em dia com as novidades. Disse que agora Jesús López tem um empreguinho e que parece mais contente. Inclusive, uma tarde, o viu com uma garota.

— Uma garota? – pergunta Lozano, engasgando com o café.

— Como ela era? – porém, a descrição o desanima. – Uma surpresa, uma mulata muito atraente. Sentaram-se aqui, nesta mesa, bem próximos e rindo enquanto olhavam livros e

---

[1] Betis: o Real Betis Balompié é um time de futebol da cidade espanhola de Sevilha. (N. da T.)

fotografias de pintores, desses loucos que pintam as mulheres como se fossem vasos – o estômago de Lozano revira. Outra, pensa. E agradece ao garçom pela cordialidade. Uma vez, há anos, pediu, amigavelmente, que todos os dias observasse seu sobrinho Jesús. Mentiu, dizendo que era um tio de Jesús, um familiar preocupado com o rapaz, que, de tão rude, não explicava nada para a família e os fazia sofrer, por causa de sua saúde, um tanto frágil e de seu distanciamento. Não é verdade, mas poderia ser. Jesús está magro, com olheiras e calvo, seus cabelos caíram muito. É terrível vê-lo de costas, com as falhas que tem. Por isso, o garçom está surpreso de que seja capaz de fazer uma garota rir. Mas Jesús López é um gato criado, e, apesar de sua rala calvície, sabe como estimular as adolescentes inseguras para ganhá-las. Lozano se levanta, paga o café e sai pela rua, horrorizado com a notícia. No momento em que começa a chuviscar, resolve deixar de lado a investigação, vê o Citroën Picasso de Jesús López, empoeirado, subindo a rua Urgel rumo ao estacionamento. Efetivamente, era o carro de Jesús López. Espera, debaixo de uma sacada, fingindo que olha a vitrine de uma loja de móveis, e o vê saindo do estacionamento com o cachorro. É um boxer mal-encarado. Nunca entendeu que graça as pessoas veem nesses cachorros com cara de fuzileiros. Jesús López caminha com mais postura do que alguns meses atrás, mas não se veste muito melhor. Está usando uma calça desfiada com uma camiseta desbotada. Conserva o *look* informal e alternativo que agora resulta patético. Lozano o vê colocar a chave na fechadura e subir as estreitas escadas até a quitinete onde mora, minúscula e claustrofóbica. Minutos depois, acende a luz da sala, a única parte exterior da casa, e Lozano para de olhar para cima e inicia seu itinerário habitual, até o estacionamento. Por sorte, não costumavam mudar o pessoal, pensa, enquanto deixa uma moeda na mão do garoto romano que já o conhece. E logo em seguida pergunta se ultimamente Jesús López tem saído de carro com frequência e a que horas. O garoto explica que agora costuma sair com o cachorro na parte da manhã.

— Você sabe se vão muito longe? – o garoto encolhe os ombros e informa que ele demora três ou quatro horas e, às vezes, só volta à noite.

— Uma vez me disse que o pai estava doente, em Mollerussa, que era um homem de idade avançada e que a qualquer momento poderia morrer – Lozano agradece com um tapinha nas costas e sai.

Agora começa a chover e, enquanto decide se volta ao bar, se para um táxi ou se caminha para o metrô, toca o celular e ele o atende, discretamente, com voz rouca. É Lladó, um rapaz eficiente, que já fez a investigação solicitada na casa de Martín Borrás.

— Bingo! – grita. E o coração de Lozano para por alguns instantes. — Você encontrou alguma coisa? Está perdido. Como?

— Cocaína – esclarece Lladó. – Coca para parar um trem, na adega.

Lozano relaxa, pois já imaginava isso. Afinal, os experientes já sabem que tipos como Martín Borrás recorrem ao dinheiro fácil e acabam se estrepando. Sabia também que na adega não encontraria o corpo de Bárbara Molina.

— Informa o pessoal da Unidade de Saúde Pública – diz sucintamente. Nesse momento, percebe que talvez essa seja a última ordem que dê em sua vida. Lamenta esse final tão brusco.

— Algo mais, chefe? – Lozano ia dizer que não, que mais nada, mas de repente teve uma ideia luminosa.

— Sim. Um momento.

Por que não?, pergunta a si mesmo. Por que não pode abusar um pouco mais de seus subordinados?

— Informe-se sobre a saúde do pai de Jesús López e se Jesús López visitou regularmente sua família de Mollerussa, nos últimos tempos.

— Feito, chefe – responde Lladó. — mas talvez não consiga obter essa informação até amanhã.

— Localiza o pessoal de Lérida, estão a dois passos de Mollerussa, veja com eles se podem verificar isso – sugere.

— Ok, tentarei fazer isso, mas já é tarde – Lozano sabe que é verdade, que já é tarde, e não coloca objeções.

— Muito bem, então, assim que tiver a informação, passe para o Sureda. Entendido?

— Entendido, chefe.

Ao desligar, fica com uma palavra na boca. Lérida. Lérida. E ele mesmo se dá conta do que acaba de dizer. A dois passos de Mollerussa. Chove, mas Lozano não se importa. Está pensando, e a chuva ajuda a clarear as ideias, lava as ideias preconcebidas. Mollerussa está a meia hora de Lérida. Respira. Segundo a declaração de Jesús López, passou a Semana Santa em Barcelona, no apartamento de Les Corts, e sua esposa declarou que não tinha saído de casa. Mas e se foram visitar os pais em Mollerussa? E se mentiram? Não encontraram cabelos da garota, nem digitais, nem nada suspeito em seu carro. Jesús López é um mentiroso profissional, que viveu metade da vida dentro do armário. Sabe mentir. Poderia ter envolvido Bárbara em uma manta, afinal, em um carro onde viajam crianças sempre há uma manta, caso sintam frio. Outra ligação ao celular o desconcentra.

— Alô – responde. Desta vez é Isa, a telefonista.

— Desculpe-me, mas o senhor saiu tão depressa que não o vi. Já sabemos de quem é o número do telefone da garota que perguntou pelo senhor no horário do almoço. É o número de uma tal de Eva Carrasco. Quer anotar?

— Não, obrigado, tenho o número dela – responde Lozano, surpreso, enquanto toma fôlego.

Muitas coisas. Muitas coisas para seu último dia de trabalho. Deve ser uma síndrome não identificada. Poderia ser chamada, por exemplo, de *Tempus Fugit*. Viveu na mais absoluta escuridão durante quatro anos e agora, de repente, a luz aparece por todas as frestas. E, enquanto faz essa reflexão, vê um raio que corta o céu, preciso, exato, como os desenhados nas mãos de Zeus, nos desenhos animados da Walt Disney, que o seu neto assiste. O raio cai perto da Sagrada Família. Depois de alguns segundos, ouve um trovão que faz com que os garotos que saíam da escola se refugiem sob as sacadas, com as mochilas na cabeça, correndo e gritando. Em seguida, começam a cair gotas grossas e frias.

Como se o céu e ele estivessem confabulando.

14. Eva Carrasco

Eva guarda o estojo, o livro e o caderno de anotações, pega a jaqueta, levanta-se e sai da aula de inglês com um gesto de desculpas ao *teacher*. Não poderia continuar sentada nem mais um minuto. Era incapaz de se concentrar em algo tão fácil como *should* e *must*. Bárbara não sai de sua cabeça. Ao colocar os pés na rua Vilarroel, nota que está chovendo, mas não se importa. Caminha pela chuva se molhando, a água escorre pela testa, pelas bochechas e encharca seu cabelo. A água faz com que se lembre de Bárbara. Não sabia viver sem água. Necessitava se jogar em uma piscina, entrar debaixo de uma ducha ou nadar no mar. "Bárbara, você irá desbotar, como o Michael Jackson. Sem água, eu me sinto suja, dizia Bárbara." Passa um Nissan Patrol, dirigido por uma patricinha de Pedralbes e lhe dá um banho. Já não acha graça nessas coisas, e grita:

— Cuidado! – mas a loira tingida não lhe dá a menor atenção. Passa por ela como Bárbara.

"Por que brigaram? Eram amigas?" A história de Martín Borrás foi muito dolorida, mas não foi o motivo da disputa. As coisas entre elas já não estavam muito boas antes de tudo isso. Bárbara não confiava nela, deixou de ser sua confidente quando Jesús López interferiu. Para ele, Bárbara contava todos seus segredos e chorava. As amigas contam as coisas umas para as outras, e Bárbara nunca lhe contou nada do que aconteceu naquele verão. Voltou das férias diferente, não era a mesma, não ria, não queria ficar com ela, não queria ir ao boliche, não queria ouvir U2 nem pedia emprestada a camiseta do Miami Ink. E ela insistindo para entender o que acontecia, mas Bárbara ficava calada, como uma morta. Somente abriu a boca para pedir, em tom de ameaça, que fizesse o favor de não se intrometer em sua vida nem de falar como os pais dela pelas costas. Estava exaltada e furiosa. "São boas pessoas", repetia Eva, preocupada, "seus pais estão preocupados com você, e eu também." E era verdade, Pepe e Nuria, cada um do seu jeito, sofriam por Bárbara. Era natural que Eva, como amiga, tentasse resolver os problemas de Bárbara e pedisse ajuda aos pais da amiga. Mas, com isso, ergueu a primeira barreira entre as duas.

No primeiro dia de aula, em vez de saírem juntas pelo corredor, rindo da etiqueta da Zara que estava pendurada na camisa de Jesús López, Bárbara saiu encostada nele, olhando, encantada, em seus olhos. Saíram conversando e passaram por ela como se não estivesse ali. Eles falavam do assédio de Alesia, a história que Jesús López sempre conta para impressionar calouros. Conquistava as trouxas do terceiro ano que ficavam alucinadas com a famosa história da conquista de Galícia e a genialidade de Júlio Cesar. Uma fórmula infalível.

— Ei, o que você tem com o professor Jesús? Por acaso agora paquera professores?

— Falamos de história, colega.

— Ah, está bem, até parece que acredito em seu interesse pela República romana.

— Tenho inquietudes, não sou como você, que fica alucinada lendo Mafalda. Bárbara sempre se defendia atacando. Não queria falar de Jesús, não queria falar do verão e não era a mesma.

— O que está acontecendo com Bárbara – perguntou Andrés, irritado, porque Bárbara havia dado aquela cortada. Por que supunham que ela sabia tudo sobre Bárbara? Pensavam que ela havia feito um mestrado em Bárbara? E fazia de conta que sim, que controlava sua agenda, para parecer que eram amigas.

— Isso não te interessa – respondia com certa agressividade, estilo Bárbara –, há certas coisas que acontecem com as pessoas adultas que crianças não devem saber.

— Está nervosa?

— Não interessa – esse era o problema: que Bárbara preferia compartilhar seus segredos com um velho tarado a fazê-lo com ela, sua melhor amiga.

— Jesús é um cara legal – defendia Bárbara. Mas sua voz tremia. Será que Bárbara não conseguia enxergar? Não se dava conta de que Jesús era um pervertido que se interessava pelas garotas menores de 16 anos? Não, ela confiava nele, e acreditava nas baboseiras que contava sobre Fellini, Picasso e Goethe. Que vergonha de culturazinha, envolta da pressa em impressionar as garotas. Ano após ano, as anedotas eram as mesmas, as piadas e, inclusive, as improvisações. Os alunos reprovados afirmavam isso, mesmo que não fosse necessário. De longe era possível perceber que era um impostor. Mas Bárbara, tão inteligente, tão esperta, caiu de quatro e se deixou seduzir com seus elogios. "Fala, Bárbara, estou te ouvindo. Suas perguntas são pertinentes, me obrigam a pensar." Bárbara sempre faz perguntas interessantes. Eu tinha vontade de vomitar. Quem sabe Bárbara tivesse inventado a tristeza para tornar-se interessante. Ou simulou uma depressão para que Jesús tentasse animá-la e a levasse para ver a última exposição de Dali, no CaixaForum. Isso embrulha o seu estômago.

Passa na frente da escola. A água cai abundantemente e fica aturdida debaixo daquele pé-d'água, contemplando a porta fechada, olhando o letreiro Escola Levante que vira todas as manhãs, durante 15 anos. Ali conheceu Bárbara com somente 3 aninhos. Seus cabelos eram presos com dois rabinhos, trazia uma mochila do Mickey Mouse nas costas e a convidou para comer um lanche com *jamón* York delicioso, que dividiram, mordida após mordida. Ao terminar o primeiro dia de aula já eram inseparáveis. Parece mentira a forma como as crianças procuram umas às outras, em busca de afinidades e, logo depois, encontram sua alma gêmea. Eram como o dia e a noite, mas riam das mesmas coisas e se entendiam sem palavras. Bárbara era mais ousada e exibicionista. Bárbara era maluca, e ela, o seu freio. Tinha de freá-la, mas também sabia ativar seu gatilho e motivá-la a dizer bobagens, a colocar chiclete na cadeira da professora, a mudar as roupas dos cabides dos colegas, a jogar grão-de-bico na mesa dos outros no refeitório. Eram unha e carne. Mesmo sendo diferentes. Bárbara gostava de se vestir com roupas chamativas, ir à lousa, provocar. Diziam que formavam o par perfeito, a bonita e a feia, a esperta e a intelectual, a extrovertida e a tímida, a sensual e a frígida. Porque Bárbara era muito sensual; desde criança, desde muito pequena, Eva observou que os homens e os garotos ficavam olhando para Bárbara. A forma de caminhar, de mexer o quadril, de dançar ou chupar uma bala, fazia tudo com uma sedução infantil e ingênua, mas terrivelmente adulta. Não precisava pintar as unhas de vermelho ou colocar saias curtas para encantar. Bárbara tinha uma forma de olhar arrebatadora, o corpo flexível, o cabelo brilhante, e era generosa, presenteando a todos com abraços, carinhos e beijos. Elas eram unidas, sempre juntas, pele com pele, sentindo seu cheiro suave, o calor de sua mão, o pulsar de seu coração. Quando criança, não saberia dizer onde ela acabava e onde começava Bárbara. Tinham sido um mesmo corpo e compartilhado uma mesma alma. Até que Bárbara quis se separar dela e ser uma só, ou, pior ainda, um apêndice de Jesús López. Então foi como se lhe tivessem cortado um braço ou uma perna com uma serra elétrica, foi brutal. Estava espantada, faltava-lhe um pedaço e, pela primeira vez, sentia a angústia da solidão.

Para ela, Bárbara morreu depois do verão dos 14 anos. É difícil pensar em uma amiga morta, principalmente porque Bárbara tinha tanta vontade de viver, mas ela já a tinha matado. A traição de Martín Borrás não importou tanto. Foi um acréscimo que serviu para confirmar que Bárbara era livre e passava por cima dela, uma desculpa para ter uma discussão pontual e se vingar, verbalizando que não tinha escrúpulos e que era uma péssima amiga. Mas não doeu tanto como descobrir que Bárbara se entendia com Jesús López e que ele a preferia. Dando piscadas, segurando em seu braço, falando em seu ouvido, fazendo cócegas com sua respiração. As bocas muito próximas, bocas confidentes, que brigavam para não se juntar. Vê-los juntos era quase uma provocação na qual era possível perceber algo mais do que a admiração de uma aluna pelo professor. Bárbara o seduziu, e Jesús, como um tonto, acreditou que ela havia se apaixonado por causa de sua inteligência.

Odeia Jesús. Àquela altura, ainda sente ódio. Um tipo covarde, baixo, que praticava um coleguismo barato, aproveitava-se das *teenagers* e era um mascarado.

Na verdade, era nada mais que um Narciso apaixonado por sua voz. Agora não sabe o que pensar nem como imaginá-la. Não consegue vê-la nos braços de Martín Borrás. Não acredita que isso seja possível, ainda que tudo seja possível. Talvez, Martín tenha sofrido como ela e quis tê-la para ele. Mas sabe muito bem que alguém que tivesse Bárbara por perto não teria vontade de buscar outros afetos. Bárbara preenchia, satisfazia. Viciava como chocolate.

Vê luz na escola. Alguém ficou corrigindo alguma coisa ou está imprimindo um exame para o dia seguinte. Jesús já não se encontra com as alunas fora de hora para falar sobre outros assuntos. Finalmente, foi demitido. Apesar de tudo, foi graças a Bárbara. É difícil reconhecer, mas a morte de Bárbara fez justiça. E agora surge essa questão de que Bárbara está viva! E novamente sente-se invadida pela surpresa da descoberta. Onde estará? Onde esteve durante todo esse tempo? Por que desapareceu? E cada vez parece mais absurdo o filme que montou sobre Martín Borrás e sua adega. Foi uma estupidez. E ali mesmo, enquanto a água cai em sua nuca, protege-se em uma entrada e digita o número do celular de onde Bárbara ligou. Talvez agora tenha sorte e ela lhe diga onde está, quem sabe... Espera, espera, mas outra vez ouve a voz impessoal, que diz que o celular está desligado ou fora da área de cobertura.

Dá meia-volta e segue para sua casa. Está encharcada e já espirrou duas vezes. Caminha depressa e admite que foi injusta com Bárbara. Matou-a por amor. Porque não sabia viver sem ela. Apagou-a de sua vida antes do desaparecimento e, por isso, seu desaparecimento real não foi traumatizante. Sua mãe abre a porta de sua casa e a repreende por ter se molhado. Responde que tem sorte por ter uma filha que se molha e vai para casa trocar de roupa, porque a mãe de Bárbara já não tem nem isso. Deixa a mãe sem palavras e, ao seguir para o banheiro para tomar uma ducha, percebe que falou exatamente o que pensava. Bárbara está viva e sua mãe nem sequer sabe disso. Talvez esteja se molhando em uma rua qualquer de Barcelona, e sua mãe pensa que está morta e enterrada. Eva está em uma situação difícil, pois acreditou que dando o número do telefone ao pai de Bárbara estaria livre da responsabilidade, mas não. Está queimando de vontade de dizer que Bárbara está viva. Gostaria de abrir a janela e gritar isso para todos, de ter coragem de sair pelas ruas, procurando-a. Além do mais, conclui, Bárbara telefonou para ela para dizer que estava viva. Não ligou para seu pai, nem para sua mãe, nem para a polícia. Ligou para ela. Por quê? Já que não eram amigas. Por que ligou para ela?

Toca o telefone enquanto está no quarto trocando de roupa e sua mãe se aproxima com o telefone sem fio tapado e sussurra:

— É a polícia — Eva pega o telefone da mão de sua mãe, trêmula.

— Alô? — do outro lado uma voz tranquila, a voz do subinspetor Lozano.

— Eva Carrasco? Boa tarde, aqui é o subinspetor Lozano.

— Olá, boa tarde — responde, querendo saber se está ligando porque já encontraram Bárbara ou porque quer saber mais detalhes.

— E então, você me ligou porque queria falar comigo, certo? — Eva fica gelada. O subinspetor Lozano ainda não sabe de nada.

— O senhor Molina ainda não foi vê-lo? — pergunta, diretamente. O subinspetor parece surpreso.

— Não. Que eu saiba, ele não passou para me ver. — Eva vacila, duvida. O que deve fazer? Conta o pouco que sabe? Que

Bárbara está viva e que tem um número de celular? Mas se lembra das palavras do pai de Bárbara. Esqueça isso e deixe tudo por minha conta. A vida de Bárbara está em jogo. E, para ela, está claro que ele é o pai dela, a pessoa que mais fez pela filha, o maior interessado em encontrá-la viva. Rapidamente, inventa uma mentira qualquer.

— Ele me disse que passaria para vê-lo, porque tinha algo para comentar. Ele explicará tudo – acrescenta – para deixar claro que ela não está autorizada a dizer nada, que não é coisa dela. Lozano enrola um pouco antes de se despedir e desligar.

— Espere – pede ele. — Espere um pouco. Você realmente não quer me dizer nada? Não. Você tem alguma informação sobre Bárbara? – Eva respira e afirma:

— O pai dela lhe dirá – mas o subinspetor insiste.

— Se você quiser me dizer alguma coisa, a qualquer hora, ligue no meu celular, e passou o número – Eva se despede, gaguejando.

— Se souber de alguma coisa eu ligo – e desliga, desejando a própria morte. Coloca sua roupa, mal-humorada, e enquanto seca o cabelo, muito ressecado e maltratado, fica irritada consigo mesma. Errou feio. Agora o subinspetor Lozano vai meter o nariz onde não deve e estragará tudo. Se Pepe Molina queria discrição para agir, agora já não terá. Não estranha que o senhor Pepe não queira contar nada à polícia, pois estiveram quatro anos enrolados no caso sem encontrar uma só prova para condenar Jesús López. Estava claríssimo que sua mulher o acobertava. Estava claríssimo que foi ele quem pegou Bárbara, em Bilbao, e a levou para Lérida e a matou. Bem, na verdade não a matou, retifica, mas fez com que desaparecesse. Fica na dúvida. Ou foi por culpa dele que Bárbara fugiu. Improvisa. Talvez, tenha ido ficar com Martín Borrás fugindo de Jesús López. Há coisas que não se encaixam. Em qualquer situação, Jesús a manipulava, a dominava e estava com a corda no pescoço. Será que era tão difícil desvendar uma mentira dele? Fazer com que confessasse? São uns inúteis. O único que fez justiça foi Pepe Molina. Bateu e muito em Jesús, apenas lamenta por não estar por perto para assistir. Quebrou seu nariz e fez um dente pular da boca. Foi merecido. Merecia que alguém lhe desse uma surra e o chamasse de pederasta. Cuspam na cabeça calva dos cretinos! – escreveu o poeta Salvat Papasseit, com clarividência. O mundo está cheio de cretinos, mas ninguém sabe reconhecê-los. De repente fica gelada, lembra-se de que confessou a Pepe Molina sua suspeita infundada sobre Martín Borrás. Um suor frio molha a roupa que acabou de colocar. O que foi que fez? Por que falou isso a ele? Vai matá-lo. O pai de Bárbara é capaz disso e de muito mais. Já foi para cima de Jesús López como uma fera, mas agora, depois de quatro anos, a raiva acumulada é imensa e acabará com Martín. Por que teve de dizer uma besteira como essa? Ah, não... Fará mingau de Martín. Por isso não foi ver o subinspetor. Quer agir como justiceiro solitário. Quer se vingar.

    Pega o telefone, decidida, e liga para a casa de Bárbara. Falará com Pepe Molina imediatamente e lhe dirá que se equivocou e se precipitou, que o melhor seria entrar em contato com o subinspetor Lozano, que já esta à espreita. Toca uma vez, duas, e, na terceira, atende a secretária eletrônica. Talvez não estejam em casa, talvez tenham saído, ou, talvez, estejam telefonando para alguém. Não pode esperar de braços cruzados. E se antes não conseguia ficar na aula de inglês, agora não consegue ficar no sofá de casa. Nervosa, levanta-se, pega o guarda-chuva, a bolsa, a capa de chuva e sai.

Ao sair na rua vê que parou de chover e, irritada, joga o guarda-chuva no chão. Uma vizinha, que abria o portão de casa, indaga Eva, estranhando sua atitude:

— Você está bem, Eva? – envergonhada, pega o guarda--chuva e se faz a mesma pergunta. Estará bem? Ela não é assim, ela não perde o controle, não grita, não esperneia nem joga o guarda-chuva no chão.

Só então se dá conta de que está muito nervosa, porque a vida lhe deu uma segunda oportunidade. Pode recuperar uma parte dela mesma.

15. Bárbara Molina

Estou tão nervosa que nem assisti a *Friends*, algo que nunca deixo de fazer. Em vez de ligar o DVD, comecei a caminhar em círculos, como um leão enjaulado. É isso o que sou. Um animal dentro de uma jaula, fechada, prisioneira, nas mãos de um louco que me obriga a fazer coisas que não quero e que, quando consegue o que quer, como prêmio, me dá comida, mas quando menos espero, tira o chicote e me espanca, sem um pingo de compaixão. Se eu escapasse, atiraria em mim com o prazer dos sádicos. Como em uma ratazana.

Abro a geladeira e curiosamente abro os *tupperwares* onde guardo a comida dos dias anteriores até que apodreçam. Eu me proibi de tocá-los. É um costume que me impus há alguns anos, depois de viver faminta. Não adianta muito, mas fico mais tranquila. Eu disse a mim mesma que nunca mais voltaria a passar fome, como Scarllet O'Hara naquela cena em que levanta a cabeça e pega um punhado de terra vermelha de Tara, mas eu não fui tão fotogênica nem tão heroica, simplesmente me privava dos restos de comida, dividia-os em pequenas partes e os guardava, como se fosse um tesouro. Abro um *tupperware* com folhas de salada e tomate e coloco punhados na boca, depois abro outro com um pedaço de frango frito e engulo, sem mastigar, para acalmar minha inquietação, apagar a angústia, mas, em vez de me saciar, cada vez tenho mais fome.

    Durante esses três anos, ele tinha conseguido me adestrar, como se faz com os leões, a ponto de me tirar a comida. Descobriu que era uma arma poderosa, e jogou com ela. E o que não conseguia me batendo, conseguia me deixando passar fome. Ele me deixava em jejum, sofrendo, até que, de repente, chegava e me deixava sentir o cheiro de uma apetitosa comida. Abria a porta por alguns minutos e o cheiro de frango assado, ofensivo de tão delicioso, entrava no porão e grudava em meu nariz. Ter fome e não poder comer é morrer um pouco a cada minuto, a cada segundo. O corpo me avisava que tinha de lutar para não desfalecer. Olhava meus braços, cada vez mais magros, as pernas esqueléticas, as costelas que podiam ser contadas uma a uma e o ventre enterrado entre os ossos da pélvis. Estava me transformando em um esqueleto. Lembrava histórias de náufragos que bebiam sangue de seus companheiros, de soldados que comiam vísceras dos mortos, de sobreviventes na neve que haviam se alimentado de cadáveres. Eu não me espantava com nada, porque a fome era tão terrível que qualquer coisa que aparecesse seria permitida. Teria matado por um prato de macarrão. A comida ocupava o epicentro de minha vida e se transformava no motor, na justificativa, na única obsessão doentia. Sonhava com o arroz que minha mãe cozinhava aos domingos, com o prato de sopa na casa de meus avós às quintas-feiras, com os lanches de presunto que eu levava todas as manhãs para a escola e que, às vezes, jogava no lixo. Imaginava copos de leite e bolachas de chocolate. Uma vez, desesperada, fiquei de quatro e peguei um escaravelho, mexia as patas, assustado, talvez sentisse o cheiro de minha fome e soubesse que acabaria triturado entre meus dentes. E foi isso o que aconteceu. Venci a repugnância e enfiei o inseto na boca, mas, ao sentir como se mexia e revirava, fui dominada pelo asco e cuspi. Tive náuseas e vomitei a bílis, um líquido verde e espesso que subia do meu estômago vazio. Só então me dei conta de que, se era capaz de colocar um escaravelho na boca, qualquer dia cortaria um pé para comer. Então, concordei com tudo. Não queria continuar vivendo com essa ansiedade permanente ao me lembrar de bifes e de pratos de batatas inacessíveis, com essa fraqueza nas pernas e com essa tontura e raiva para destruir esse bicho e diminuir minha dor. Porque a fome era como se tivesse um bicho dentro de mim que me arranhava com suas garras e me mordia com seus dentes, exigindo o que era seu, dia e noite, sem me deixar descansar nem um segundo. E a dor se misturava com o medo de que ele não voltasse e me abandonasse naquele lugar escuro, com a geladeira vazia. Volte, não me deixe morrer de fome, suplicava, inutilmente, em silêncio. E me vendi por um prato de lentilhas. Não poderia dizer isso de outra forma. A comida fez com que me tornasse submissa e acabou com o sofrimento. Eu me transformei em um cachorrinho que lambia a mão daquele que enchia meu prato a cada dia, balançava o rabinho e aceitava suas carícias por um osso. Sou uma besta. E quanto mais penso nisso, mais fome tenho e devoro todas as reservas. Como com as mãos, de pé, e sujo meu rosto com purê de batatas, com marmelada, com feijão e com peixe, e coloco minha camiseta. Com certeza, alguma das coisas que comi, nessa bagunça infecta, está estragada. Talvez estivesse há semanas na geladeira, mas não importa, quando ele retornar, me matará. Prefiro morrer com a barriga cheia.

Deveria ter ligado para minha casa. Fui uma idiota ao ligar para Eva. Pelo menos Eva não começou a chorar como minha mãe. Eva tem vergonha de chorar, de dançar e de mostrar os seios. É muito boba, porque os garotos ficam loucos com seios como os dela. Eu dizia a ela: coloque uma blusa justa, você vai ver como consegue paqueras. Mas ela não ligava. Eva gostava de ser invisível e passar despercebida. Martín nem sequer sabia seu nome. É forte, pois foi ela quem nos apresentou. Sim, essa sua amiga que não fala como se chama? Será que estudou jornalismo, como havíamos combinado? Eva era obstinada. Uma formiguinha trabalhadora e responsável, com as ideias claras, mais claras que as minhas. Certamente foi aprovada em tudo, conseguiu ser aprovada no vestibular e agora está no segundo ano de jornalismo. Já deve ter habilitação, e sua mãe, com certeza, deixa que dirija seu Micra preto. Talvez tenha emagrecido e tirado o aparelho dos dentes e, quem sabe, tenha um namorado e saia com ele para ir ao cinema e trocar carícias, pois não vejo Eva saindo à noite e indo a discotecas. Eva não. Talvez seja monitora do Club Excursionista e prepare meticulosamente os acampamentos, já que terminaram as aulas. Terá viajado para Londres? Para Berlim? Para Nova York? Há tantas coisas que eu perdi. Não sei como é a universidade, não coloquei os pés na América, não sentei na frente do volante de um carro nem fui a nenhum show. Um dia desses, quando ele me deixar ver televisão, ligarei e encontrarei Eva como enviada especial em Tóquio. Ainda que, para isso, tivesse que superar a timidez. Tinha vergonha de falar em público. Terá mudado? Às vezes, as pessoas mudam. Será que longe de mim se desenvolveu, terá coragem de falar em voz alta e olhar nos olhos dos outros? Quando tinha mais de três pessoas, calava-se e, nas aulas, quando lhe perguntavam algo, ficava um pimentão. O que os colegas não sabiam é que muitas das ideias que eu apresentava em voz alta, porque eu não tinha vergonha, eram dela. Era ela quem pensava e eu quem falava pelos cotovelos. Eu roubava as ideias dela, era impostora. Estudávamos juntas, e ela tinha de me explicar matemática e elaborar para mim esquemas de ciências naturais e de história. Eva tinha os conceitos muito claros e tirava boas notas nos exames escritos, mas quando enfrentava uma prova oral, gaguejava, ficava calada, parecia boba. E eu sabia que entre nós duas, a que tinha a cabeça no lugar era ela, e eu era a trapaceira. Por isso, quando Jesús falou comigo, ao estarmos sozinhos, e me disse que eu era curiosa e inteligente e que jamais nenhuma aluna tinha feito perguntas tão brilhantes sobre a batalha de Alesia, me senti importante e a deixei de lado.

Jesús era injusto, porque Eva havia lido Dostoiévski, tocava partituras de Bach no piano e lia os programas eleitorais dos partidos políticos antes das eleições, apesar de ainda não poder votar. Tinha noção de mudança climática e convenceu sua família para que se tornassem sócios do Oxfam e comprassem em lojas do Comércio Justo. Eva estava atualizada com os filmes em cartaz no cinema e tinha visto produções de Woody Allen e de Coppola que, para mim, pareciam uma chatice. Mas Jesús, apesar de saber de tudo isso, preferiu a mim. Ele me dizia que eu era uma inteligência selvagem, um diamante bruto. Sei que ela ficou chateada. Sei que ela gostaria de estar no meu lugar e que morria de inveja quando Jesús deixava os livros de Hermann Hesse para mim. Flagrei-a, mais de uma vez, nos espiando na biblioteca, fazendo-se de boba e fingindo que mexia nas estantes de ficção contemporânea, em busca de um livro que não existia, enquanto nós conversávamos horas e horas sobre Siddhartha. "Você entendeu alguma coisa?", me perguntava, depois, despeitada, e naqueles momentos a achava profundamente antipática. Esperava o momento de me pegar, desconcertada, pedindo-lhe ajuda para que me esclarecesse quem era Proust e que diabos queria dizer a famosa Madalena. Mas não lhe dei esse gostinho. Procurava no Google, para irritá-la. Com certeza, esperava inutilmente toda sexta-feira que Jesús a convidasse para ir ao Museu Picasso e suspirava ao pensar em passar três horas diante de *As meninas* e analisá-las sob todas as perspectivas. Eva nunca foi convidada, eu fui. Com Jesús eu me sentia adulta e, por isso, nos encontrávamos às escondidas nos bares de Raval e tomávamos café no lugar de Coca-cola. "Você está louca por Jesús", dizia-me Eva, com ciúmes. E eu não desmentia para me fazer de interessante. Estava apaixonada por sua sabedoria, que me abria os olhos para a coisas que tinham passado despercebidas. Era apaixonado pelo cinema italiano e, juntos, assistimos a filmes de Visconti, de Fellini, de Bartolucci e de Passolini. Alguns eu entendia e outros nem tanto, mas ele tinha paciência para conseguir que admirássemos a beleza de uma imagem, no retrato de um sentimento, na fotografia desumana de um mundo. Lembro-me de *Roma, città aperta*, de Rossellini, o grito de Anna Magnani quando detêm seu companheiro magricelo e colocam-no no ônibus. Anna Magnani parecia, para mim, uma gorda vulgar, mas seu grito era tão sentido, tão autêntico, seu amor tão grande e sua morte tão trágica, que acabei achando-a *sexy*. O que ficou gravado para sempre, no entanto, foi o retrato do protagonista de *El inocente* e a maldade dele deixando o menino morrer de frio. Um sujeito que traía a mulher e jogava isso na sua cara e, quando ela se apaixona por outro, tinha tanto ciúme que não a abandonava um só instante. Então, descobre que ela está grávida e a tortura, interrogando-a de forma insana sobre o pai da criança. Quando o bebê nasce, faz de tudo para que o odiasse, até que ele mesmo o mata. Só então ela se rebela e tem coragem de dizer-lhe que sentia nojo dele. Era mentiroso, manipulador e possessivo. Tinha a mulher fascinada por ele, vampirizada e ela acreditava nisso, até que caiu a venda de seus olhos. Estremeci. Era como ele!

Jesús me fez descobrir muitas coisas e, por isso, decidi contar tudo a ele.

Sabia que poderia confiar nele. Sempre me parava nos corredores e perguntava o que estava acontecendo. Queria saber por que ia mal em outras matérias, por que estava triste. Ele me dizia que havia conversado com minha tutora e que não conseguia entender. Era sincero e estava preocupado comigo. E eu necessitava, desesperadamente, de alguém com ideias claras. Sem dúvida tinha um fervoroso sentimento de justiça e era capaz de discernir o que estava bem do que não estava. Eu, ao contrário, estava com a cabeça bagunçada e confusa pelas coisas que tinham acontecido. Jesús tinha falado sobre a corrupção na Roma Antiga e da covardia dos seguidores de Júlio César, que preferiram matá-lo pelas costas antes de enfrentar as urnas e as legiões. Se era capaz de analisar a história e ver com perspicácia o que deveriam ter feito os senadores republicanos no século I a.C., também poderia me ajudar a sair dessa confusão. Meu problema era que não sabia como começar nem como continuar. Eu não tinha nomeado, não tinha palavras. Pensava que, se não falasse, não existiria. As coisas que não são nomeadas são esquecidas ou desaparecem. Por isso, era tão difícil eu explicar minha situação para alguém. Ele me disse que sim, que me ouviria com gosto. Pedi a ele muita discrição, e marcou comigo na escola, à noite. Estive pensando sobre como abordaria o assunto, como falaria a respeito das coisas que haviam ocorrido comigo e o assombro que me deixava angustiada e que faziam com que eu me sentisse tão mal, tão perdida, tão desconcertada. Acreditei que, ao estar cara a cara com ele, tão disposto a me ouvir, me inspiraria e contaria toda a história, sem bloqueios.

Naquela noite estávamos apenas nós dois, a escola estava completamente vazia, na escuridão. Meus passos ecoavam enquanto caminhava atrás dele. Eu me sentia uma delinquente ao quadrado e tive vontade de voltar atrás, mas já era tarde demais. Não sou supersticiosa, mas juro que vi, pela janela do 2º B, um gato preto pulando do telhado. Foi uma premonição ruim, e quando a porta da sala fechou e ele ficou me olhando, recuei e me calei. Não me agradava o cheiro de suor que emanava. Não me agradava a iluminação da sala. Não me agradava a escola a essa hora da noite. Eu me sentia tão estranha como se tivesse sido internada em um hospital no setor de urgências. Tudo me parecia desconhecido, alheio, agressivo, e ele também era outro. Ele me olhava com as pupilas dilatadas e brilhantes e se antecipou, tomando a palavra e vomitando um monte de bobeiras, dizendo que era um homem casado e que entendia o fato de eu estar apaixonada por ele, mas que isso não estava certo, que não podia me oferecer nada, que também gostava de mim, mas que eu era menor de idade. Naquele momento, quis pular pela janela como aquele gato preto, e sumir pelos telhados. Então colocou uma mão em minha perna, tão fora de lugar como sua voz e suas palavras, e começou a me acariciar, levantei-me rapidamente, tremendo e comecei a chorar. Não conseguia parar de chorar. Sentia uma grande frustração. Jesús me abraçou e tentou me consolar, mas eu chorava mais e mais forte. Estava desesperada. Então, naquele momento, aconteceu o pior que poderia ter acontecido. A porta abriu e apareceu Remedios Comas, minha tutora, a sargento. Jesús me soltou bruscamente e eu parei de chorar na hora. E o grande Jesús se amedrontou e não lhe ocorreu outra coisa a não ser dizer que o havia encontrado ali porque queria contar algo pessoal. Foi muito forte. Jesús, dedo-duro, me apontava como um menino: "Foi ela, foi ela!". Emudeci e comecei a desprezá-lo. A tutora não alterou a sua voz, mas sua frieza impunha mais que todos os insultos do mundo. Eles me acompanharam até minha casa. Nunca um caminho me pareceu tão longo. Em cada esquina, diante de cada semáforo, suplicava para que ficasse verde e que acabasse aquele suplício. Eu me lembrei da paixão de Jesus Cristo e dos passos de dor. Eu levava a cruz da vergonha por ter confiado em Jesús e por ter descoberto quem era. Eles me deixaram diante de minha casa com a ameaça, impossível de evitar: uma reunião na sala da tutora, no dia seguinte.

Nessa noite não dormi. Desenhei mentalmente o escândalo e imaginei a reação de minha família. Não podia acrescentar mais um problema a minha vida, não podia permitir isso. Dessa forma, chorei e chorei na frente de Remedios Comas e, finalmente, ameacei que cortaria meus pulsos. Surtiu efeito e me salvei, e, de rebote, salvei Jesús.

O infeliz me disse secamente que não queria que eu falasse mais com ele, porque tinha uma reputação e uma família. Virou as costas e nunca mais me dirigiu a palavra, nem na sala de aula nem nos corredores. Na segunda prova me reprovou. Talvez eu merecesse, pois tinha perdido toda a motivação que antes me animava a tirar dez. Deixou claro que se eu abrisse a boca me destruiria, sem piedade.

Foi um covarde.

16. Salvador Lozano

O subinspetor Lozano teve de passar em casa para trocar de roupa. A chuva o surpreendeu na altura da Gran Vía e Urgel, mas, em vez de se refugiar, como todo mundo fazia, ele ficou plantado na calçada, debaixo de uma bananeira, como um bobo. Estava pensando na ligação de Eva Carrasco e na surpresa que provocou a afirmação enigmática sobre a possível visita de Pepe Molina. Não tem nada para dizer, pois suas palavras evasivas o deixaram ainda mais desorientado. Em um primeiro momento, acreditou, equivocadamente, que Eva, talvez alertada pela família Molina, quisesse se despedir dele e agradecer pela sua dedicação ao caso de sua amiga. Uma estupidez. Ninguém agradece gratuitamente. Enquanto pensava na voz de Eva Carrasco e no que ela escondia, mais do que no que ela tinha dito, molhou-se em dobro, pois as folhas das árvores da Gran Vía, pesadas pelas gotas da chuva, dobravam-se, e caíam jorros de água. Ficou um bom tempo no meio da calçada, reflexivo, pensando sob a chuva. O terno do casamento do filho encharcou e a gravata de seda com brilhos avermelhados manchou a camisa branca.

Depois de virar a chave na fechadura, tentou entrar sigilosamente, mas não conseguiu. Sua mulher é melhor policial que ele. Queria evitar a conversa e suas indiscretas perguntas. Deveria ter levado o guarda-chuva, repreende-o repentinamente.

— Como foi seu último dia? – perguntou de sopetão.
— Muito trabalho? – com um beijo interessado, desses que começam uma conversa. Estava com o avental que usa para cozinhar. Para ela tanto faz cozinhar para um ou para dois, não tem preguiça, já está acostumada. Ela já sabe que jantará sozinha, pois ele irá à festa de despedida e não a convidou. Não quer que ela vá. Sabe que ela gostaria muito e, se tivesse convidado com tempo, teria comprado um vestido e ido ao cabeleireiro. O jantar da aposentadoria de seu marido, um subinspetor dos Mossos d'Esquadra, teria lhe dado assunto para conversar antes e depois do evento. Um mês de sua vida, pelo menos. Uma ocasião para refrescar os comentários cotidianos e fazer com que esses comentários saíssem da rotina caseira sobre o ponto do sal no feijão, o controle do colesterol e os dentes do neto. Como aproveitou o casamento do filho! Teve conversa para um ano. Mas o marido não a convidou e ainda não sabe bem o porquê. Talvez não queira que ela, com seu olhar inquisitivo, veja que foi colocado de lado e substituído por um rapazinho de academia, e que os brindes, na realidade, sorriem ao novo chefe e aproveitam a ocasião para serem conhecidos e fazer brincadeirinhas, já que ninguém se importa com ele. Ou, talvez, não quisesse que ela fosse porque na realidade não quer se aposentar e ainda não digeriu o jantar em sua homenagem, pois sua vida profissional acaba esta noite. Seja como for, irá sozinho. No entanto, ainda não sabe o que fará no dia seguinte, pela manhã. Nunca colocou os pés

em uma academia de ginástica, não joga baralho nem bocha e não tem esse tipo de amigo para sair nos fins de semana e comer um churrasco. Trabalhou muito, e não teve sábados nem domingos para esbanjar por aí. Não lamenta, mas vê a manhã seguinte como um imenso vazio e se lembra do trampolim da piscina municipal de L'Ametlla Del Vallès, aonde foi algumas vezes, quando jovem, com os amigos da Guarda Civil, e que tinha pouca moral. Subia as escadas, aproximava-se da beirada, olhava a piscina, muito abaixo, muito longe e voltava a descer. Não era capaz de se jogar. Não é e nunca foi um homem impulsivo, e planeja suas ações. Mas não quis planejar nada para o dia que sucederia seu definitivo último dia de trabalho. E agora sente a mesma vertigem que sentia quando era jovem, ao dar uma espiada pelo abismo do trampolim de L'Ametlla, sem se atrever a dar o passo irremediável à vida de aposentado.

Amanhã me jogarei, diz a si mesmo. Ou melhor, será empurrado e se molhará, goste ou não. Qual o remédio? Terá de aprender a ver sua mulher sair, a ouvir o tic-tac do relógio da sala, a comer comida requentada na frente da televisão da sala de jantar e tirar o lixo, todas as noites. Sente um nó na garganta ao se dar conta de que a vida passou muito depressa e de que não está preparado. Sua mulher também não. Nota que está apreensiva. Em breve invadirá seu espaço, seu tempo, sua liberdade. Sua presença inútil vai incomodá-la e ele não saberá onde se sentar para não importuná-la, como quando está varrendo e vai encurralando-o, encurralando-o até que ele não vê outra solução a não ser ir para a porta e sair para comprar o jornal. Ela se sentirá controlada em suas idas e vindas, falará baixo ao telefone para que não a escute, talvez por sentir-se culpada por falar demais e ter muitos conhecidos.

Ela, sim, soube construir um cantinho com o convênio laboral no mundo que nunca se acabará. Ainda não se aposentou, mas trabalha até as 16 h. Depois do trabalho, ocupa-se com hidroginástica, com o café e o relacionamento com suas amigas e com a família. A esposa controla escrupulosamente a vida dos filhos. Muitas vezes o deixa cansado por cacarejar, como uma galinha choca, as gracinhas do neto. Que já está engatinhando, que fala mamãe, que coloca sozinho a colher na boca. E sempre tem fotos, e as mostra para ele. "Veja, veja, tem o seu nariz." Coitadinho. "Não seja bobo, quando te conheci me apaixonei por seu nariz e pensei: olha que nariz, quanta personalidade." Sua mulher é assim, carinhosa, dedicada e mandona. Leva croquetes para os filhos em uma *tapperware*, uma desculpa qualquer para se inteirar das séries de televisão que assistem, do salário que ganham, das roupas que compraram ou do nome dos amigos que telefonam. Mas faz tudo de boa-fé e, assim, sempre sabe o presente que convém. Ela observa, fica calada e anota. Teria sido uma excelente policial. Temos de comprar um espremedor, pois não têm, ou umas toalhas novas, porque as velhas dão nojo, um carrinho para o bebê, pois o outro já está quebrado... a esposa mantém contato com as amigas e com a família, e esse é um fogo que sempre arde. Para ele, desta noite até a próxima manhã, acabará o calor e ficará gelado e na escuridão.

    Está apavorado. Sim, apavorado é a palavra, e arrepende-se de não ter previsto tudo com tempo e de não ter elaborado uma estratégia. Caso Lozano: como ocupar as horas mortas de um dia de 24 horas repletas de 60 minutos cada uma. Como dar sentido ao que não tem sentido. Como superar a frustração de todos os casos não resolvidos. E se detém. É isso o que mais dói nele. É por esse motivo que não está preparado para se aposentar, porque ainda não terminou o trabalho. Parece desculpa, mas seu trabalho não acaba nunca, fala para si mesmo, com amargura. E entre todos os casos se destaca o de Bárbara Molina, que de repente começou a analisar sob outras perspectivas, perguntando-se sobre aspectos que nunca havia analisado, e o revive, de surpresa, em decorrência de uma ligação misteriosa da melhor amiga da garota.

Surpreendentemente, pois não esperava, toca outra vez o celular. Atende, sabendo que no dia seguinte já não tocará mais. É Lladó, um bom rapaz.

— Alô? Já está resolvido, chefe. Eu mesmo fiz tudo, sem esforço algum. Telefonei e me passei por diretor de uma escola que tinha interesse em contratar o filho. Eles me explicaram tudo, tim-tim por tim-tim — Lozano se sente orgulhoso do rapaz, a quem treinou tão bem.

— E então?

— É a pura verdade. O pai, Ramón López, um camponês de Mollerusa, que agora tem 61 anos, está morrendo e tem pouco tempo de vida. Jesús López vai visitá-lo todas as manhãs, já que agora trabalha à noite em uma faculdade. Lozano suspira. Outra pista equivocada.

— Muito bem, obrigado.

— De nada, se precisar de alguma outra coisa, estou de plantão. Desculpe por não poder ir ao jantar, e queria dizer que me entristece muito que se aposente — o subinspetor Lozano simula muita frieza e o desculpa.

— Começo uma vida nova, garoto, deveria me parabenizar.

— Então, felicidades — diz Lladó, bruscamente, talvez emocionado. E desliga.

O subinspetor Lozano respira fundo, enquanto abotoa a camisa amarela. Bom rapaz esse Lladó. Intuiu que não quer parar e tem razão. Está se comportando como uma criança, buscando trabalhinhos freelances. Além disso, disponibilizou o número do celular para Eva de maneira fraudulenta, em vez de dizer para que entrasse em contato com Sureda. Fez isso de forma mesquinha. Sentiu que Eva queria dizer alguma coisa, mas não quis forçá-la, e agiu como sempre faz, deixando uma porta aberta à confidencialidade. O problema é que ele já não tem a chave dessa porta e enganou a todos. Na manhã seguinte, já não estará na delegacia, ainda que resista em deixar o caso e queira continuar na direção. Suspeita que a ligação de Eva não seja gratuita e que é exatamente a que estava esperando durante os quatro anos. Aprendeu a discernir as vozes que escondem coisas e as que se esforçam para dizer algo, mas não se atrevem. Deve ser cauteloso. Caso tivesse bombardeado Eva com perguntas, certamente a teria amedrontado e ela teria recuado em seguida. Ligou para Pepe Molina assim que chegou na entrada do metrô, mas o celular dele estava fora da área de cobertura. Se não tiver notícias dele, tentará encontrá-lo mais tarde, afirma para si mesmo. Talvez Eva saiba mais coisas do que declarou e, finalmente, o caso começa a seguir para alguma direção. Sente as cócegas das intuições que lhe sobem como um calor pelo corpo e deixam suas orelhas vermelhas.

— Você tem certeza de que quer usar a camisa amarela? – comenta a esposa, franzindo a testa.

— E o que é que tem a camisa amarela?

— Não traz boa sorte. Ou você nunca reparou que os atores nunca usam amarelo? – isso o deixa chateado, pois agora que já abotoou toda a camisa, sua mulher quer que a troque.

— Eu não sou um ator – replica. Ela não se rende.

— Molière morreu usando amarelo – comenta como quem não quer desistir do argumento. — É por essa razão que os atores evitam atuar com essa cor – acrescenta, batendo na mesma tecla.

O subinspetor Lozano fica se olhando no espelho e, teimoso como ninguém, diz que o amarelo o favorece. Enquanto coloca a jaqueta e olha a carteira se pergunta de onde sua mulher tira todas essas besteiras de *Readers Digest* e joga na sua cara quando quer chateá-lo. Pode ser sua forma de se vingar por não ter sido convidada para o jantar, fala para si mesmo antes de abrir a porta para sair e lhe dar um beijo de despedida.

Não é supersticioso. Os policiais que jogam com a vida e a morte não podem acreditar em bobagens desse tipo. Se o fizessem, não sairiam de casa, pois não poderiam olhar pelas janelas para evitar ver gatos pretos pelos telhados. Só faltava, agora, trair a mim mesmo por causa dessa camisa amarela, suspira no elevador, irritado. Agora seu traje impecável já não é tão impecável como tinha imaginado e sabe que, durante o jantar, ficará pensando na inconveniência de usar amarelo no dia da despedida do trabalho. Procura esquecer o incidente e volta a pensar no caso de Bárbara Molina e em sua intuição. Esquenta a cabeça no elevador, ao cumprimentar o ático, um rapaz da área de informática, recém-chegado a Barcelona, que está levando o cachorro para passear. Pergunta-se sobre o cachorro de Bárbara. Iñaki e Elisabeth presentearam-na quando completou 10 anos, no verão de 2000. Viu o cachorro ainda filhote, em uma fotografia, nos braços de uma Bárbara emocionada. Lembra-se de que contemplou a foto por horas, fascinado pela forma com que a garota acariciava o cachorro, como o beijava e, também, pelo olhar do tio Iñaki, que a câmera de Elisabeth captou com a mesma precisão com que captou a alegria de Bárbara. Uma fotografia inquietante, extremamente inquietante. A menina, o cachorro e o tio em uma praia do Cantábrico. As ondas embravecidas às suas costas e umas nuvens ameaçadoras no horizonte, que talvez previssem o que estava por acontecer. Não contribuem em nada, mas, às vezes, as fotografias falam, e na ternura e no afeto quase sensual de Bárbara acariciando o cachorrinho e na franca devoção do tio havia uma mensagem oculta que nunca decifrou. Nuria Solís disse que o cachorro lhe trazia muitas recordações de Bárbara, e Pepe Molina o levou para a casa de Montseny. E, mais uma vez, sem intervalos, as perguntas aguardam, ansiosas, as respostas. Por que Bárbara Molina foi a Bilbao? O que esperava de seus tios? Que relação mantinha à margem das declarações de uns e outros? Quem avisou Elisabeth Solís e Iñaki Zuloaga?, havia lhe perguntado Sureda, naquela tarde. Se estavam com o celular desligado ou fora da área de cobertura, como e quem ligou para eles? A pergunta que lhe ocorre em seguida é se, na realidade, chegaram às ilhas Cíes. Sinceramente, não podia colocar a mão no fogo, pois não comprovaram nada. Não tinham como fazer isso. Acreditaram neles e ponto. E então, a partir daquele momento, começa a achar estranho que alguém não possa ser localizado durante tanto tempo. Bárbara desapareceu na terça-feira, pegou um ônibus e, na quinta-feira, sacou dinheiro em Bilbao, e as vizinhas encontraram-na interfonando no apartamento dos Zuloaga, desesperada. Isso quer dizer que estava tentando localizar seus tios havia dois dias. Comprovaram as ligações nos celulares de Elisabeth e Iñaki. Mas e se Bárbara tivesse outro celular, como sugeriu Sureda? Para despistar, porque o que martela insistentemente em seus ouvidos é a possibilidade de que Bárbara conseguiu, sim, localizá-los. Por que não? É uma possibilidade como qualquer outra, e vai esmiuçando. A garota liga para eles, eles dão meia-volta e regressam a Bilbao, encontram-se os três, colocam-na no carro e levam-na para a casa deles. Depois já não sabe por onde seguir, não enxerga os motivos que levariam os tios a um crime desse tipo, embora os piores crimes aconteçam dentro das melhores famílias, e isso ele sabe muito bem. Pepe Molina tinha argumentos contra os Zuloaga, e um pai intui os perigos que os filhos estão correndo. Lozano abre a porta do elevador e deixa que passe o vizinho de Bilbao, que inspirou suas elucubrações. Está alucinado pelo que acaba de acontecer. Isso pode significar que Iñaki e Elisabeth, ou um dos dois, sejam o terceiro suspeito do caso. E desta vez, é como se a névoa de Lérida tivesse desvanecido com o primeiro raio de sol da manhã e lhe oferecesse um caminho para transitar e avançar até a cabine manchada de sangue, a bolsa abandonada e os sinais evidentes de violência.

Investigaram o casal Zuloaga, mas, para ser sincero, não muito. Eles eram o fim do caminho ao qual Bárbara nunca chegou. O motivo de sua fuga era óbvio que vinha de antes, de Barcelona, dos pais, do namorado, do professor, das amigas. E, então, fica sem fôlego, porque, pela primeira vez em muitos anos, pode pensar em uma nova direção e ver as coisas sob uma nova perspectiva. Exatamente, um novo ângulo. Que relação unia Bárbara aos parentes de Bilbao? O que representava para ela aquela família com quem passava os verões de sua infância? Por que Pepe Molina brigou com Elisabeth Solís? E com Iñaki Zuloaga? Por que Bárbara Molina deixou de ir passar as férias com seus tios depois de completar 13 anos? Ele se anima, está em um momento ótimo, conhece esses momentos maravilhosos que são como se um jorro de azeite tivesse caído sobre a mesa e, milagrosamente, as peças oxidadas do quebra-cabeças deslizassem, até se encaixarem. Sabe que, com paciência, se vai empurrando daqui e dali, tudo fará sentido e será inteligível. Intuiu que estava mais próximo da verdade do que há algumas horas. Pega o celular e, sem vergonha alguma, passa uma última tarefa a Lladó.

— Lladó? Desculpa garoto, uma última checagem. Quero saber se os Zuloaga entraram e saíram do porto de Bilbao nos dias em que declararam, se há alguma forma de comprovar a rota de navegação e um registro das ligações recebidas em seus celulares, desde a terça-feira até a sexta-feira, para detectar se há alguma ligação repetida, insistente ou algum número não identificado – Lladó fica calado do outro lado da linha, enquanto faz suas anotações.

— Algo mais, chefe? – Lozano está inspirado.

— Sim. Entre em contato com o veterinário da família Molina e pergunte pelo cachorro de Bárbara. Qual a idade dele, a raça, se era monitorado, a relação com a garota, tudo o que ele saiba a respeito do cachorro. Lladó assovia.

— É muito trabalho e demorado. Não sei se poderei terminar antes da meia-noite – Lozano sabe disso.

— Não tem problema, me liga quando tiver as respostas e, então, eu passo tudo para Sureda.

— Combinado, começarei agora – conclui Lladó, animado. Lozano guarda o celular pensando que é muito complicado justificar logicamente uma intuição absurda. O cachorro é um elemento novo, mas é um vínculo com os Zuloaga. Não sabe por que quer verificar sobre o cachorro, mas às vezes as maiores tolices o levaram até a verdade. Já se sabe, é um macaco velho.

E de repente, ao sair na rua, pisar no asfalto e receber na cara uma baforada de fumaça preta do escapamento de um ônibus que arranca, desanima. O tempo. O tempo está acabando. Já não tem mais tempo e Sureda não se importará com o cachorro nem com os Zuloaga.

Está condenado a viver o resto de sua vida com essa dúvida permanente.

17. Nuria Solís

Nuria Solís ficou um bom tempo falando ao telefone com sua irmã, Elisabeth. Ela liga todos os dias da mesma maneira que fazia com sua mãe. Não se conformou totalmente com a morte da mãe, causada por um câncer, há sete anos, mas se consola ao pensar que não sofreu o calvário do desaparecimento de Bárbara. Em uma época não muito remota, ela foi mãe de Bárbara e filha de Teresa ao mesmo tempo. Agora é órfã de mãe e filha, e já não conversa, somente ouve Elisabeth, a irmã caçula, que dá conselhos e lições que lembram sua vida cheia de amizade, de desafios, de amor e de futuro. Nuria fica calada e ouve, ouve porque a voz de Elisabeth é uma colherada de xarope doce, com sabor de infância, um eco dos verões em que subiam ao cume do Montseny e comiam melancia debaixo da parreira, na casa de campo, enquanto o sol esquentava as azinheiras. Às vezes, ouviam os grilos cantando e o avô colocava músicas de Nat King Cole. Cachito, cachito, cachito mio. A voz de Elisabeth aquece a alma, embora na terra onde vive não veja muito o sol. Acredite em mim, é do que mais sinto saudades, confessa. Elisabeth é hábil e consegue arrancar as respostas precisas, uma a uma, como fazia antes com os pelos das sobrancelhas de Bárbara. Só esse, só esse, Barbi, e ia tirando com jeitinho e artimanhas, pois juntavam alguns pelos entre as sobrancelhas e ficava feio. Nuria, às vezes, responde aos interrogatórios caprichosos de Elisabeth. O que você comeu hoje? Você ainda está tomando diazepam? Você dormiu as seis horas que falei? Você tentou dormir com a máscara? Mas às vezes se cansa e a manda plantar batatas. Como hoje, que não teve paciência.

— Você não se ama, Nuria – repreende a irmã. — Você tem de se olhar no espelho, tem de ter vida própria. Pensa em algo que você deseja, uma viagem com os gêmeos, uma peça de teatro, não sei, algo que te motive.

Quando Elisabeth entra no território das ordens e dos conselhos do manual de autoajuda, procura uma desculpa para desligar e se poupar das recomendações. Elisabeth é assim, simples e cartesiana, fala para si mesma, para desculpá-la. Acredita que as fórmulas para viver são infalíveis, e que tudo se resolve com projetos de trabalho, viagens exóticas e jantares. Perdoa a irmã porque é jovem, ingênua e inocente e, na realidade, embora pense o contrário, não sabe da vida nem a metade. Nem sequer sofreu no leito da mãe, quando ela estava doente. Não viveu a devastação da quimioterapia, a perda do juízo, o medo em seus olhos diante da rapidez da morte. Elisabeth chegou quando estava em coma, chorou e disse que não podia suportar aquilo. E ela, então, carregou a morte da mãe e o sofrimento da irmã sobre os ombros. Isso é o que se chama de transferência. Elisabeth transferiu sua pena e Nuria aceitou, e a levou nas costas. Talvez a dor acumulada pese e termine por esmagar a resistência de qualquer um. Por isso, ela está apegada à terra e chora e se deprime cada vez mais, enquanto Elisabeth flutua, voando sobre as nuvens, e a terra, de longe, parece um brinquedo. Elisabeth evita a dor e vive em uma assepsia permanente de juventude eterna. Sem filhos, sem pais, sem responsabilidades. Brinca como a namorada apaixonada, a garota da turma, a tia simpática, a estudante travessa, a aventureira dos veteranos. Para ela isso é bom. É por isso que não mede as palavras e de vez em quando fala demais e deixa que saiam palavras venenosas que correm pelas veias como um câncer maligno, até chegar ao coração e matá-lo. Como quando contou o que aconteceu com Bárbara. Palavras afiadas como uma faca, que a feriram tanto que esteve por dois meses chorando, evitando falar com a irmã, sem atender seus telefonemas, sem explicar nada a ninguém. Até que Elisabeth foi a sua casa, arrependida de ter falado o que falou, pediu perdão e suplicou que esquecessem aquilo. Nuria perdoou a irmã, parcialmente, e não esqueceu o acontecido. Foi uma situação difícil que viveu sozinha, como sempre.

    Nuria vai tomar uma ducha. Necessita de água para se refrescar e despertar da vertigem causada pelos medicamentos. Tem de fazer o jantar dos gêmeos, pensa enquanto tira a roupa. Pepe não está em casa, assim aproveitará para cozinhar umas batatas, vagem e ervilhas na panela de pressão e um peito de frango empanado que descongelou na noite anterior. Já não se dedica a cozinhar os alimentos, apenas cozinha coisas fáceis e rápidas. Os três jantarão com a televisão ligada, na cozinha, assim, em silêncio, não será tão insuportável. E logo depois, pegará sua jaqueta e sua bolsa e, como toda noite, irá trabalhar na clínica e, durante as dez horas de seu turno, ficará em *stand by*.

    Enquanto está no banho, deixa que a água deslize pelo seu corpo e lave sua tristeza. Parece que o telefone tocou, mas não se manifesta. Tanto faz. Depois verificará quem ligou, agora, que está debaixo do chuveiro e lava o cabelo com um xampu que cheira a maçã verde, sente-se limpa, vivificada. Bárbara também ia para a banheira quando diziam que era má. Acreditava que assim se tornaria boa. Sempre disseram que era má, e isso ficou como uma etiqueta, desde muito pequena. Não sabe quem começou nem como, mas Bárbara nunca foi inocente e confiável como Elisabeth, que, quando criança, acreditava em tudo. Bárbara era maliciosa e safada, falava com segundas intenções, dava apelido para todo mundo e enganava a todos com as cartas. "Isso é jogo sujo", dizia Pepe, sempre rigoroso. "Você é má." E Bárbara corria para a banheira e pedia para que ensaboasse sua cabeça, para deixar de ser suja. Não distinguia, ainda, o que é ser e o que é estar. Tudo em um mesmo pacote. Eva, mais intelectual, a apelidou de Lady Macbeth, pela obsessão por tomar banhos. Quando era adolescente, foi uma loucura. No ano anterior ao seu desaparecimento, ficava horas debaixo d'água e trocava de roupas três vezes por dia. Por um semestre pagaram uma conta astronômica de água e Pepe ficou fora de si. "Bárbara, saia do banho, você não está suja!", gritava Nuria da porta do banheiro, quando Pepe não estava em casa. "Você sabe se não?", respondia Bárbara, com sarcasmo. Você não sabe nada. Bárbara era má e a mãe não tinha autoridade.

Os únicos que desmentiam essa versão eram sua irmã e seu cunhado, talvez por isso os preferisse. Sim, admite. Durante um tempo teve ciúmes de Elisabeth e Iñaki. Estava chateada com a irmã. Quando os gêmeos nasceram, em um verão muito quente, levaram Bárbara de férias, para fazer um favor. Tinha somente 4 aninhos. Voltou encantada com os tios, e os verões no norte tornaram-se um costume. Bárbara passava as férias com Elisabeth e Iñaki. Eles não tinham filhos, eram mais jovens e estavam de férias no período escolar. Tinham todo o tempo do mundo para Bárbara e saíam para navegar. Iñaki a ensinou a nadar, a pescar e a comandar o leme, e Bárbara ficou treinada com os segredos do mar. Abaixo do mar há montanhas e abismos muito, muito grandes, explicava em casa, ao regressar. "Sabia que se pegamos as águas-vivas com a mão elas não queimam?" Nuria a escutava, boquiaberta. Sempre viveu afastada do mar, pois era uma mulher de montanha, que tinha coroado o Puigmal, a Pica d'Estats e o Aneto. Sabia colocar pitão, cravar um bastão, enrolar seu corpo em uma corda e descer de uma parede, fazendo *rapel*. Mas tinha pavor do mar, por achar que era muito grande, e a ideia de nadar em alto-mar não a agradava, pois temia que algum bicho desconhecido se emaranhasse em suas pernas e a atacasse. Bárbara era muito mais valente que sua mãe, e tinha um pé em cada mundo. Subia montanhas em agosto e em julho, submergia nas profundezas marinhas com os olhos bem abertos e a curiosidade que Iñaki soube despertar nela. O dia em que pescou uma moreia com um arpão e a tirou sozinha da água, ligou para eles, entusiasmada, e ficou uma hora ao telefone, dando umas explicações que empalideceriam de inveja qualquer documentário da La 2 sobre a vida das moreias. Nuria poderia ter escrito uma tese. Iñaki vibrava de entusiasmo. "Esta menina é um diamante bruto." Pouco se viam, mas gostavam um do outro. Era evidente. As comparações eram odiosas, e Bárbara frequentemente os comparava com os tios e isso, pouco a pouco, foi enfraquecendo a relação, pois, mesmo sem querer admitir completamente, Nuria tinha ciúmes por não ser tão jovem, tão simpática e tão juvenil como sua irmã e por temer que Bárbara, um dia não muito distante, escolhesse Elisabeth como confidente, enquanto ela ficaria de lado, vista como uma mãe severa e chata. Pepe, é claro, nunca aprovou aquelas férias marinhas, e enumerava os perigos de ter Bárbara fora de casa. "Sua irmã e seu cunhado não podem pelo menos colocar um maiô na menina?", gritava, irritado pelo bronzeado presente em todo o corpo de Bárbara. "Tem de ficar mostrando a bunda para todo mundo?" Mas o maiô que Nuria pediu, discretamente, que colocasse na filha, não mudou em absoluto as coisas. "Essa menina volta feito uma selvagem", dizia quando Bárbara voltava do norte, mais desbocada, mais rebelde, mais espontânea, como se o espírito da França revolucionária, que sempre visitavam nas férias, a tivesse contagiado. A tormenta, no entanto, estourou na puberdade. Com 12 anos, Bárbara já era tão alta quanto ela e, apesar de sua magreza, os seios, pequenos e redondos, começavam a apontar e, também, começava a escurecer o púbis. Nem Pepe nem ela estavam preparados para essa mudança tão repentina, tão precoce. A explosão hormonal de Bárbara precipitou tudo, e o que até então Pepe tinha consentido, por se tratar de uma menina, transformou-se em uma catástrofe que caiu como uma bomba. "Acabou. Nunca mais, está me ouvindo?", gritou Pepe no verão que Bárbara, com 12 anos, voltou de Bilbao. Não quero que minha filha participe de orgias. Nuria pensou que não tinha ouvido bem. "Orgias?", repetiu, sem acreditar no que tinha ouvido. "De que orgia você está falando?" Pepe, de forma ameaçadora, ficou de pé e apontou o dedo para ela. "Sua irmã e o marido dela levam Bárbara para se drogar e para beber sem roupa na praia, na companhia de um bando de degenerados!" Nuria se lembra bem daquela frase rebuscada e extremamente demagógica. Lembra-se porque ficou gravada, e não pelo valor da frase em si mesma. O que a surpreendeu é que o homem com quem tinha se casado fosse capaz de elaborá-la, de acreditar nisso e dizê-la. Tentou amenizar as coisas e colocar tudo no seu lugar.

Não podia deixar que Pepe, como sempre fazia, rebatizasse o mundo, porque as palavras acabam por dar sentido a coisas que não existem.

Os degenerados são amigos deles, companheiros da universidade, famílias com crianças, homens e mulheres adultos, professores.

— Não vão sem roupas, vão nus porque são praias de nudismo, praticam o naturismo, todos eles com exceção de Bárbara, pois você a proibiu. E bebem cerveja como você e eu, e levam lanches para a praia para comerem juntos.

— E o que mais? – soltou como uma metralhadora.

— Ah, é! E as drogas.

— Talvez alguém, ao anoitecer, fume um baseado. Iñaki faz isso, sim, eu não nego, eu também fiz isso uma vez ou outra, quando era jovem, ainda que você não goste, acrescentou.

Pepe contra atacou, cego de raiva:

— Não estou me importando nem um pouco para o trabalho que têm ou para o dinheiro que ganham. Eles não têm moral, não têm ética, e Bárbara é uma mulher, embora ela não saiba e você não queira enxergar. Você não vê, Nuria? Eles observam Bárbara da cabeça aos pés, e talvez tirem fotos dela e tudo mais. Não quero que minha filha vá a uma praia cheia de gente desagradável que ensina tudo a ela, nem que navegue sozinha, na companhia de um homem sem roupa, que se droga e que olha demais para ela. Não confio.

Nuria Solís teve de sentar e se abanar em função da vergonha que subia em seu rosto. Isso tudo era forte demais para aguentar de pé, a chuva de acusações que caía sobre ela, pois o homem degenerado e sem ética, Iñaki, era seu cunhado, e Elisabeth, a mulher desagradável que ensinava tudo, sua irmã. Praticamente os únicos parentes que tinham, já que

Pepe não falava com os pais e com os irmãos havia anos, tinham-no tratado muito mal, dizia, e ele tinha decidido cortar o mal pela raiz e se distanciar deles. E agora pretendia fazer o mesmo com a família dela? Nem pensar, reivindicou, repentinamente, com valentia:

— Peça desculpas por dizer esses absurdos sobre Iñaki.

— Não vou fazer isso, retrucou Pepe. Iñaki não é quem você pensa, eu vi como ele olha para minha filha e posso te dizer, com toda certeza, que não a vê como uma menina.

Nuria Solís tinha enterrado a mãe havia apenas quatro meses, mas o dilema daquela noite foi muito pior. Foi o primeiro relâmpago que anunciava uma forte e demorada tempestade, a adolescência de Bárbara e as profundas diferenças de critérios com o marido. O escândalo teve um final muito desagradável. "Bárbara! – gritou Pepe. Venha aqui, imediatamente!" Bárbara, assustada com o tom de voz autoritário do pai, foi até ele sem resmungar. E, então, Pepe fez algo que ela nunca se esquecerá. Agarrou a camisola de Bárbara e a rasgou, de cima a baixo, violentamente, deixando à mostra seus pequenos peitos morenos e seu púbis sombreado. Todo o corpo dela bronzeado, dos pés a cabeça, sem nenhuma marca de maiô em nenhum lugar. Olha bem. "Consegue enxergar agora? Está se dando conta?" Bárbara se cobriu, com vergonha, e começou a chorar, o que para ela não era muito difícil. "Todos estavam nus, eu era a única que tinha de levar maiô, fiquei com raiva, choramingou". "Quantas vezes você saiu para navegar sozinha com Iñaki?" – perguntou Pepe, áspero. "Não sei, não me lembro", gemeu Bárbara, sem saber até onde iriam as acusações nem qual era o delito do qual era acusada. "Coloque um pijama e vá para a cama!" – ordenou Pepe, depois de sua atuação triunfante, apoteótica.

Nuria, nessa noite, deu-se por vencida e reconheceu que não estava enxergando bem o que acontecia. Tinha perdido o foco das coisas e, talvez, Pepe, muito mais paranoico, tenha sido o contraponto de sua cegueira. Nunca pensou que as saídas no barco com Iñaki estivessem acompanhadas de algo pernicioso, mas, ao ver Bárbara nua no meio da sala de jantar, com aquela camisola rasgada e o assombro em seus olhos cor de mel, conseguiu visualizar uma estampa de erotismo infantil que seduz os pervertidos. Tão terna, tão bonita, tão ingenuamente mulher sem pretender.

Nuria chorou sozinha, no sofá. Dormiu sozinha, no sofá. E, na manhã seguinte, com os olhos vermelhos e a decisão tomada, comunicou a Pepe que Bárbara não iria mais passar as férias no norte, mas que não romperiam as relações com sua irmã e com seu cunhado, de maneira alguma. Ela inventaria uma desculpa que soaria natural. Era a única família que tinha, e não queria perdê-la. O que veio depois, no entanto, foi muito pior. Foi a confirmação de que as coisas com Bárbara estavam deturpadas e de que ela não tinha coragem para corrigir.

Aconteceu na primavera seguinte, quando decidiu comunicar Elisabeth que Bárbara, não passaria as férias com eles. Vinha adiando esse momento para não ter de mentir. Não sabia como aceitariam a versão que havia inventado sobre a necessidade de Bárbara estar junto dos pais e dos irmãos. Evitou entrar em detalhes. Efetivamente, Elisabeth, ao saber que tinham outros planos para Bárbara, achou péssimo e se complicou dizendo uma frase enigmática. "Se você vai fazer isso pelo que aconteceu, não se preocupe, já esquecemos." "O que aconteceu?" – perguntou, então, Nuria, repentinamente curiosa. "Pare com isso, Nuria, que nos conhecemos bem, respondeu Elisabeth, desconfiada. Você sabe perfeitamente do que eu estou falando." "Não, não sei do que você está falando, Nuria deixou muito claro. "Bárbara contou para vocês, não é?" "Bárbara não contou nada para nós", afirmou Nuria, definitivamente intrigada. "Então por que vocês mudaram de opinião?" – soltou Elisabeth. Nuria ficou nervosa. "Não sei do que você está falando, Elisabeth, faça o favor de ser mais clara." "É verdade que Bárbara não contou nada para vocês?" "Sim, é verdade." "Então não há necessidade de eu falar sobre isso." E então foi Nuria quem explodiu. "Me diga agora o que aconteceu, Elisabeth." "Está bem, concordou a irmã, conformada, como sendo obrigada a dizer coisas que não desejava ouvir." "Mas isso aconteceu há muito tempo, e talvez não seja necessário desenterrar coisas do passado." "Elisabeth desembucha agora e não fuja mais do assunto!" E Elisabeth falou com uma vozinha recatada, receosa. "Uma noite, há quatro anos, quando Bárbara tinha 9 anos, voltamos da navegação muito cansados. Iñaki tomou banho antes de mim e se deitou na cama; eu, pensando que Bárbara já tivesse dormido, tomei banho e lavei minha cabeça, tranquilamente. Ao sair do banheiro, fiquei gelada. Bárbara estava em minha cama e estava, estava..." "Estava o quê?" – interrompeu Nuria Solís, angustiada. "Estava fazendo umas coisas estranhas", disse Elisabeth com uma voz de quem se dá conta de que não sabe explicar o que viu. "Que coisas estranhas? Fala com clareza, Elisabeth, se você não falar com clareza não vamos nos entender, exigiu Nuria." Lembra que foi difícil para Elisabeth falar, pois não encontrava a palavra certa, até que encontrou. "Bárbara estava seduzindo Iñaki." "O quê? – gritou. Como pode uma menina de 9 anos seduzir um adulto? Você ficou louca?" Elisabeth, do outro lado, pedia que se acalmasse. "Por favor, fique tranquila. Você me perguntou e eu tentei responder, mas não é fácil." "O que ela fazia, exatamente?" – perguntou Nuria Solís a ponto de passar mal. "O que ela falava?" Elisabeth gaguejava. "Falava que o amava muito e o tocava". Nesse dia as pernas de Nuria Solís tremeram. Teve de sentar. "Vamos ver, você está me dizendo que uma menina que abraça o tio e diz que o ama muito o está seduzindo?" "Sim, afirmou Elisabeth, com precisão." "É que você não viu", acrescentou, deixando claro que não pensava em dar mais detalhes, mas que o que seus olhos viram era impossível de traduzir em palavras. Nuria engoliu a saliva e se atreveu a perguntar: "E Iñaki?" Iñaki pegava a mão dela e dizia que não, que isso não se fazia. Nuria Solís ficou aturdida, sem saber o que pensar, no que acreditar, o que imaginar. Imaginou muitas cenas sórdidas e as apagou instantaneamente da cabeça. "Não é verdade", disse de repente. "Não é verdade o que você está me dizendo." Elisabeth defendeu Bárbara. "Nunca mais fez isso, juro para você, deve ter visto em algum filme e deve ter interpretado mal como se ama uma pessoa, você sabe, sexo e amor, uma confusão. Não demos importância para isso, de verdade." "E por que vocês não me contaram? E por que ela não me contou?" "Por isso mesmo, defendeu-se Elisabeth, para não dar importância a isso, para que não transformássemos uma bobagem em um problema." "Uma bobeira?" – estourou Nuria. E então? Elisabeth, contra a parede, terminou de contar tudo. "Perguntamo-nos se era necessário contar para você e levá-la a um psicólogo, mas concluímos que não, que não queríamos te deixar preocupada nem fazer com que ela se sentisse culpada por nada. Era uma criança." Nuria lembra que dias depois olhava Bárbara com olhos temerosos, pois as palavras de Elisabeth estavam envenenando os pensamentos e faziam com que descobrisse uma mulher debaixo da pele de sua filha. Uma mulher estranha, distante, sensual, que escondia coisas, que tinha segredos que ela desconhecia. Ficou tão obcecada que chegou a ter medo de perder o juízo e enlouquecer. No lugar de Bárbara via um monstro. Até que disse basta e se convenceu de que não era verdade e de que Elisabeth tinha inventado aquilo para se vingar. Mentalizou que nunca havia ouvido as palavras de Elisabeth, e que a obscura história que sua irmã contara pela metade e que ela não tinha visto nunca acontecera. Ficou contente pela correta decisão de Pepe de cortar as relações de Bárbara com os Zuloaga e nunca comentou nada com ninguém, nem sequer com o subinspetor Lozano. No entanto, a esta altura, ainda não conseguiu assimilar. Como tantas e tantas outras coisas.

Nuria Solís seca o corpo com a toalha até sua pele ficar vermelha. Quando se lembra desses episódios do passado, fica tão irritada que deseja se maltratar. Uma vez, por puro desespero, deu uma cabeçada na parede. Teria continuado caso Pepe não a tivesse parado. "Você está louca? Quer se matar?"

A morte deve ser doce, pensa às vezes.

18. Bárbara Molina

O telefone queima em minhas mãos. Não sei o que fazer. Desliguei a ligação para Eva, já não existe, e quando ele chegar, direi, você esqueceu o celular, mas não se preocupe, não pude fazer nenhuma ligação porque não tem sinal. Pode comprovar, se quiser. Não vale a pena, penso logo em seguida, não vale a pena contar mentiras. Não sei o que acontece aí fora, não sei com quem fala, o que controla e o que não. A única coisa que sei é que estou nas mãos dele, e quando voltar vai adivinhar tudo e me matará.

Não estou com fome, sinto ânsia de vômito, fico com o estômago revirado ao pensar no que pode acontecer comigo. Sei que é o medo de morrer, e sei, também, que a única forma de superar esse medo é encará-lo de frente e erguer a cabeça, como os condenados à guilhotina, que subiam ao tablado, com a cabeça bem erguida e, antes de perder a cabeça, gritavam *"Vive la France"*. Jesús dizia que, às vezes, as cabeças rolavam falando até o cesto e que isso acontecia porque o sangue ainda circulava e permitia que as ordens dadas ao cérebro fossem executadas. A guilhotina sempre me deu pânico, embora digam que é uma invenção moderna, muito humanitária, porque proporciona uma morte doce e rápida. Isso, claro, é uma afirmação teórica, comentada pelos que não morreram e é repetida porque ouviram alguém dizendo, mas nunca pediram a opinião de um cadáver despedaçado. "Como foi a morte?" "Foi rápida?" "Você sofreu muito?" Só para saber se os olhos continuam vendo e se o cérebro continua pensando e se não faz sofrer muito, como dizem os especialistas, ou faz sofrer tanto a ponto de morrer. Sinto um calafrio. Aqui não tem machado nem guilhotinas que possam separar minha cabeça de meu pescoço. Melhor assim. Ele me matará com o revólver, como fez com Bruc, na minha frente. "Agora você vai ver o que pode acontecer com você se bancar a espertinha." E pelo tom de sua voz, soube que falava sério. Não pude abraçar Bruc pela última vez, ele, também, não imaginava o que o aguardava segundos depois, apesar de que me lembro que lambeu a pata e balançou o rabo. Ouvi o disparo com os olhos fechados e não chorei, mas pedi que o levasse, pois não queria vê-lo morto. Limpei o sangue no chão, guardei sua última imagem só para mim e me despedi em silêncio, sem exageros. Fez isso para mostrar que poderia me matar como mata um cachorro, que sabia disparar e que o revólver, um Smith & Wesson 38, era de verdade. Talvez as balas me façam sofrer mais, mas não me dão calafrios. Os condenados ao fuzilamento, valentemente, também olham os canhões que lhes apontam e, inclusive, alguns pedem para que a venda seja retirada dos olhos e gritam algo bonito antes de morrer. Eu não terei uma morte como a que imortalizou Goya. Não irei morrer pela Independência, nem pela República, nem pela Liberdade. Minha morte será uma morte inútil.

Muito bem, falo para mim mesma, aconteça o que acontecer, morrerei, mas antes me vingarei dele. Sinto que as dores no estômago diminuem e param de me atormentar. Tive uma boa ideia, jogarei com ele. Ele também tem medo, às vezes vejo isso nos seus olhos. Olho o celular, repentinamente animada. Esconderei o celular e farei com que sofra até encontrá--lo. Frio, congelado, frio, morno, ahh, outra vez frio. Quente. Queimou! Sim, penso isso. Vê-lo de quatro, fazendo papel de ridículo e verificando com a mão suja debaixo da cama será minha vingança. Assim vou rir um pouco antes de ir para o outro mundo. E, de repente, tenho uma ideia melhor. Contarei uma lorota, dizendo que liguei para a polícia, que expliquei tudo e que chegarão a qualquer momento, e a todo momento fingirei que ouço barulhos e direi: "Que pena, agora é tarde, te pegaram, agora você vai se dar mal". Depois de me matar, você terá de se suicidar. Isso funciona, sempre funcionou. Olhar nos olhos dele e dizer: "Não tenho medo da morte. Mas tanto faz". Suspiro. Ele encontrará uma forma de me importunar nos últimos momentos e de me amargar à morte. Não tem escrúpulos, sempre foi assim.

 Deixo o telefone em cima da cama, decepcionada. Desanimei. Não tenho forças. Não vale a pena me preocupar com isso. Estou nas mãos dele, e não tem escapatória. Por isso não abri a boca, porque é um falso, disfarçado de boa pessoa e sabe de tudo. Minha mãe não teria acreditado nem em metade do que aconteceu, e decidi que não valia a pena explicar, porque as coisas só ficariam piores. Antes, no entanto, fiz um teste. Deixei que descobrisse algumas coisas e, como imaginei, fez-se de tonta e olhou para o outro lado. Era covarde e não podia confiar nela. Encontrou meus anticoncepcionais. Era tão idiota a ponto de acreditar que estavam jogados lá por coincidência? Não, eu estava dizendo tudo a ela, de mão beijada, para que soubesse. Mas quem não quer enxergar não olha. Também não me olhou muito no dia em que me viu com o corpo cheio de hematomas e machucados nos braços, que eu mesma fiz para suavizar a dor que sentia. Naquela tarde, deixei a porta do banheiro aberta, induzindo-a a entrar. Estava dando de presente para ela. Mas minha mãe se assustou e não chegou até o fim. Aceitou a primeira coisa que falei, que tinha caído de uma moto, e não insistiu muito, apesar de que a mentira era tão absurda que nem os gêmeos estavam acreditando. Era covarde. Não me apoiou nem quis saber o que aconteceu naquele verão. E eu estava feito pó. Pelo meu segredo, pela minha confusão e pela indiferença dos que me rodeavam.

Eu não sabia que esse tipo de carícias que ele me fazia não era correto. Para mim, elas eram tão naturais como um abraço, um beijo ou um aperto de mãos. Eu era uma menina e ele, um adulto. Os adultos, por natureza, sabiam o que faziam, e nos ensinavam, meninos e meninas, o que estava certo e o que estava errado. Ele me disse que era uma amostra de amor por mim, uma brincadeira nossa, um momento que somente ele e eu dividíamos em segredo. Era nosso segredo e não podia contá-lo para ninguém. Às vezes não gostava do que fazia, então fechava os olhos e pensava em outras coisas. Pensava que estava brincando com Eva, ou que estava sonhando. Até que um dia, na escola, falaram sobre sexo e os meninos começaram a contar piadas, minhas amigas me fizeram confidências, e as revistas e as fotografias corriam de mão em mão. Foi naquele momento que comecei a entender que aquilo não estava certo e passei a me sentir mal e a desviar quando ele se aproximava. Eu me trancava no banheiro, colocava uma cadeira na porta do quarto e, quando me chamava para ficar ao lado dele ou quando queria ficar sozinho comigo, inventava uma desculpa.

Brincávamos de a gata e o rato, e, às vezes, tinha de disfarçar, para que não ficasse irritado. Mas ou ele intuiu que eu estava confusa ou então ele mesmo ficou surpreso ao descobrir que, de um ano para o outro, eu não era mais uma menina, então nos distanciamos. Deixou de se interessar por mim e, apesar de tudo, fiquei triste, pois, para mim, significava que já não me amava como antes. Não sorria mais para mim quando me olhava, não queria mais ficar comigo, não me mimava mais, não comprava mais sorvete para mim, nem me contava mais piadas nem me dizia que eu era esperta e linda. Deixei de ser a menina dos seus olhos, sua menina.

    A primeira vez que usou a força me pegou desprevenida. Eu não esperava. Foi tão repentino que demorei para entender o que tinha acontecido, e as consequências, e o que viria depois. Foi no verão quando eu tinha 14 anos. Um verão longo e chato, com muitas horas para gastar. Meus amigos estavam fora, Eva tinha ido acampar e não me deixaram ir. Por isso, a proposta de viajar foi um sopro de ar fresco. Os dois, sozinhos, alguns dias, de carro. Minha mãe falou isso e eu não podia acreditar. "Você tem certeza de que foi ideia do pai?" Minha mãe estava muito contente com aquela proposta inesperada. Queria tanto quanto eu, porque ela gostava de ver a família unida. Eu seria como uma ajudante, um copiloto ou já saberá. Ele tinha um compromisso de trabalho no sul e eu não tinha aulas nem obrigações, assim, sairia de Barcelona e quebraria a rotina de brigar com os gêmeos e de ver televisão. Fomos pela costa de Levante, rumo a Granada, apenas nós dois. Eu me lembro que durante a noite o ar tinha cheiro de jasmim e o vento queimava. Tínhamos um bom papo, comemos gaspacho e peixe frito em uma barraca na praia de Almeria e me levou a uma praia maravilhosa, uma praia de nudismo, de areia branca, no Cabo de Gata. Nadamos juntos no mar e ele tirou fotografias minhas. Nessa noite, me prometeu que no dia seguinte estaríamos em Granada e veríamos Alhambra e os jardins de Generalife. No hotel nos deram a chave do quarto que tínhamos reservado para nós dois, e flagrei a recepcionista piscando para o rapaz das malas. Talvez pensassem que eu era namorada dele, e achei graça da confusão. O resto dos detalhes não me lembro bem. Não saberia dizer se o quarto era grande ou pequeno, se era branco ou se tinha papéis de parede com flores, se tinha mesa ou sofá. Talvez tenha apagado da memória porque foram tantas noites que já não sei qual foi a primeira. Eu estava dormindo e, de repente, notei um peso na cama, ao meu lado, e suas mãos sobre mim, me acariciando. "Não fala nada, te amo muito." Mas me assustei, e então suas mãos se contraíram e me agarraram com violência. Sei que fiquei rígida, sei que chorei sem forças, porque eu não queria. "Não chore, é muito bonito, você vai ver." Ele me violentou e a cama ficou manchada de sangue. No dia seguinte, eu não me atrevia a olhar para ele, e não sabia se tinha tido um pesadelo ou se tinha inventado aquilo em minha cabeça, mas, ao levantar o lençol e ver a mancha de sangue, ele também ficou pálido. "Diz que você menstruou", ordenou, secamente, como se não tivesse acontecido nada.

 Fui para o banho e fiquei horas debaixo da água. Eu me sentia suja, muito suja, e quanto mais me lavava, mais suja me sentia. Tinha certeza de que todo mundo ia desconfiar; estava escrito na minha cara. Tinha certeza de que, ao sair do quarto, me apontariam o dedo e me diriam má, má. Mas ninguém se deu conta de nada, e ele me fez jurar que não contaria nada, porque ninguém acreditaria em mim. E eu não disse nada porque pensei que não aconteceria outra vez e porque queria esquecer aquilo. Antes eu tivesse falado, tivesse gritado aos quatro ventos. Agora não estaria aqui dentro, esperando a bala que colocará fim de uma vez no que começou em uma noite, em Almeria.

Nunca conheci Alhambra e morrerei sem conhecer. Não me importo.

19. Eva Carrasco

Eva desce apressada pela rua Muntaner. Não sabe muito bem aonde vai, mas está cada vez mais irritada, mais inquieta. Fica incomodada ao ver, na sua frente, um buldogue que se agacha no meio da calçada para fazer suas necessidades. Quem o segura pela corrente é uma mulher elegante, com um sobretudo creme, que simula olhar para outro lado. Quando o cachorro terminou, a mulher não se agachou com uma sacola e continuou passeando com o buldogue, tranquilamente. Passa na frente deles para perdê-los de vista e olha longe, até o mar invisível que intuiu estar no final da neblina de Barcelona, e pergunta-se o que estará fazendo o pai de Bárbara. Teme que tenha feito uma besteira. Mas não sofre apenas pelo que possa acontecer com Martín Borrás. Na realidade, não se conforma em ficar de lado nessa situação. Bárbara ligou para ela, a escolheu, e não pode deixá-la jogada, outra vez. Não basta advertir Pepe Molina para que não se precipite e que não leve em consideração sua informação equivocada. Eva quer estar presente quando encontrarem sua amiga, porque precisa fazer algo para se livrar do mal-entendido que carrega há quatro anos e porque Bárbara pediu claramente "me ajuda".

Fica um pouco mais calma, para e tira o celular do bolso, mas não gosta de fazer ligações quando está na rua. Entra em um bar, pede um pingado e senta em uma mesa de mármore, próxima da janela. Disca com cuidado, pouco a pouco, número a número, para não se equivocar. Nisso é muito cuidadosa, sempre teme se confundir e não suporta ter de pedir desculpas. Pelo menos os gêmeos deveriam estar em casa, fala para si mesma para se animar, enquanto ouve a primeira chamada do telefone. Toca a segunda, a terceira, e desanima porque sabe que atenderá a secretária eletrônica. Mas não.

— Alô? – é a voz de Nuria Solís, a mãe de Bárbara. Soa um pouco mais leve, como se estivesse limpa.

— Oi, aqui é a Eva – alguns momentos de surpresa, e a voz responde.

— Oi, Eva. — Você esqueceu alguma coisa? – Eva gagueja e está tentada a dizer que sim, que se esqueceu de dizer que a filha dela está viva. Mas não fala e, em vez de dar a notícia, pergunta por Pepe.

— Pepe está em casa? – a voz parece decepcionada ao descobrir que não tem valor, assumindo que é somente uma ponte entre o pai e a amiga.

— Não, saiu para o trabalho – responde a mãe. Eva tenta fazer com que tudo pareça natural.

— Poderia me passar o número do celular dele? Tenho um assunto pendente com ele. – Soa mal. Inclusive, fica feio. Deveria ter pensado em alguma desculpa.

No entanto, Nuria Solís não pergunta. Já está acostumada a reconhecer mistérios e silêncios ao seu redor e a se sentar no canto das mesas a que não foi convidada.

— Um momento, desculpa, mas é que não sei de memória, justificando-se – então, Eva abre rapidamente a bolsa e encontra uma caneta, mas não tem nenhum papel, apenas a agenda, e não quer riscá-la. Um garoto com o rosto cheio de espinhas serve o pingado, está muito preto, com muito café, e ela faz um gesto com a caneta, pedindo um papel para anotar. O garoto não entende. Parece idiota.

— Um papel, preciso de um pedaço de papel – fala, declaradamente.

Pelo telefone a voz da mãe de Bárbara lhe diz:

— Aqui está. Quer anotar?

— Só um minuto – pede Eva, agitada. Levanta-se e ela mesma pega um guardanapo de papel da mesa ao lado. Volta a sentar, rapidamente. — Agora sim, pode falar – e a voz da mãe de Bárbara dita lentamente um número, como se fosse difícil ler, como se não estivesse acostumada. Enquanto Eva anota, suspeita de que o número parece familiar, que talvez já tenha esse número.

— Pode repetir? – pede para ter certeza. E na segunda vez que Nuria fala o número, a cabeça de Eva gira, até que de repente, dá um grito, abre a bolsa abobadamente e o celular cai no chão. Abre a agenda e procura, ansiosa, a folha em que marcou o número do celular com que Bárbara ligou. Não pode ser, diz para si mesma, comparando um número com o outro. Eu me equivoquei. Não pode ser. É impossível. Mas os números são os mesmos.

— Eva! Eva! Você está bem? – ouve-se, distante, a voz de Nuria Solís, que ficou assustada ao ouvir o grito e o barulho do celular ao cair no chão, pensando que Eva estava na rua e que tivesse sofrido um acidente.

Eva agacha, pega o celular debaixo da cadeira e pede, com a voz fraca:

— Pode repetir o número do celular de Pepe mais uma vez, por favor. Enquanto comprova um a um que os números são efetivamente os mesmos, percebe que o sangue desce para os pés e que seu rosto empalidece. Tem uma tontura e está a ponto de desmaiar. Agora não, não posso perder os sentidos agora. E percebe que o sangue volta a fluir, pouco a pouco, e se recompõe a tempo de declarar, impetuosamente: — Bárbara me ligou desse número de telefone, esta manhã.

A frase saiu sozinha. Não pôde evitar. Não soube mais ficar calada. É algo muito forte para guardar. E, em seguida, ao imaginar o estupor de Nuria Solís, acrescenta:

— Não se mexa, vou imediatamente para aí. Mas não saia daí – insiste. Levanta e sai sem provar o pingado. Já na porta, vira e tira umas moedas da bolsa, joga em direção ao tolo garoto e sai correndo como uma louca. Não tem olhos na nuca, mas tem certeza de que o garoto não pegou as moedas, não tem reflexos para isso.

TERCEIRA PARTE

O mal de Molière

20. Nuria Solís

Na cabeça de Nuria Solís ecoa a frase inúmeras vezes. Bárbara está viva, Bárbara está viva, Bárbara está viva. Quer gritar, pular, rir, e quer ligar para Pepe para dizer a ele que a filha está viva, até que para e repete incrédula, a segunda parte da mensagem de Eva. Bárbara ligou para Eva do celular de Pepe. E, a princípio, não entende, não pode compreender, não pode calcular a complexidade da interpretação dessas palavras aparentemente simples. Não tem o código para decifrar essa última informação. Do celular de Pepe? Como o celular de Pepe chegou às mãos de Bárbara?, pergunta-se surpresa. Onde está Bárbara? Onde está Pepe? Qual a ligação entre os dois? É uma brincadeira? Pepe encontrou Bárbara e não disse nada? E por que ligou para Eva em vez de ligar para ela? Como engolir isso? Não consegue ligar as informações e, durante alguns instantes, fica a ponto de enlouquecer, até que, de repente, como se tivesse sido eletrocutada por um raio, tem uma ideia trágica. Pepe, Pepe, Pepe! Agarra a cabeça com as duas mãos e a balança, desesperada. Queria arrancar a cabeça, os olhos, as orelhas. Sua vida inteira desmoronou em um segundo. Repentinamente, tudo mudou.

Não pode respirar, engasga e o ar não chega até o peito, coloca a mão no pescoço e sente a veia saltando, descontrolada. Não pode ser, não pode ser, repete, incrédula. Mas é.

E de repente tudo faz sentido e pouco a pouco a luz das lembranças vai se acendendo e iluminando os lugares escuros. Foi cega e surda e não quis ver o que estava bem na sua frente. Um calmante, preciso de um calmante, fala para si mesma, tremendo e correndo para o banheiro, tropeçando em tudo e manuseando o estojo de remédios. O espelho reflete a imagem de uma mulher assustada que necessita de um comprimido para assumir que foi covarde e não sabe encarar a verdade. Deixa-se cair sobre a tampa do vaso, abatida e chora. Lembra a tristeza de Bárbara naquele verão, quando voltou da viagem para Granada com ele. Seu silêncio, seu sigilo, os anticoncepcionais deixados debaixo do seu nariz, sua obsessão por se lavar, as portas fechadas e as grosserias, o "Você não pode entender, mãe", e seus machucados nos braços, os hematomas no corpo todo e suas notas. Arranca um punhado de cabelo, agitada pelo choro.

Lembra-se dos ciúmes de Pepe e sua obsessão pelo corpo de Bárbara, pela alma de Bárbara, pela Bárbara. Olham para Bárbara, tocam Bárbara, amam Bárbara, desejam Bárbara, tirarão Bárbara de mim, Bárbara é minha! Sente-se impotente. Então vê umas tesourinhas em cima da prateleira e tem o instinto de cravá-las para amenizar a dor que sente por dentro. Como Bárbara fez. Bárbara! Bárbara está viva e precisa dela, sussurra sua consciência. Mas eu não posso ajudá-la, diz Nuria, afugentando-se, como faz com os pesadelos. É tarde. É um cadáver e já não serve para nada. Sempre falhou. Perdeu Bárbara quando era criança, quando os gêmeos nasceram. Vou me casar com meu pai quando for maior, dizia Bárbara, e ela ria como uma boba. Quero que meu pai me dê banho, exigia Bárbara algumas noites. Papai e eu temos muitos segredos que eu não te contarei nunca, dizia Bárbara quando criança. As unhas vão cravando em sua carne enquanto recorda e recorda. Lembra que ao voltar de seu turno, à noite, cansada, encontrava-a na cama dormindo ao lado dele. Tinha medo? Medrosa, mais que medrosa. Interpretava-a estupidamente. Me deixa! Você não se importa comigo! Tanto faz o que eu sinto!, recriminou anos mais tarde, antes de fugir. E ela não entendia. Não entendeu nunca. Foi uma idiota complacente, uma covarde idiota, uma idiota anulada por ele. Por que ela fugiu?, perguntava mil vezes para si mesma. O que foi que eu fiz? O que faltou para ela? O que eu não soube dar, perguntou-se durante estes quatro anos. E agora, de repente, a pergunta é ainda mais horrenda. Por que eu não a protegi?

Desde quando, Bárbara? Por que você não me dizia, minha filha? Por que não me pedia ajuda? Cala a boca, Nuria. Saia daqui, Nuria. Não se meta, Nuria. Não seja ridícula, Nuria. Você não sabe nada, Nuria. Você é um desastre, Nuria. Eu tenho dó de você, Nuria. Você não se enxerga, Nuria? Você é patética, Nuria. Deixa a menina quieta, Nuria. Senta, Nuria. Vai dormir, Nuria. Afaste-se, Nuria. Você me dá nojo, Nuria. Você está doente, Nuria. Você é uma histérica, Nuria. Você é uma idiota, Nuria.

— Bárbara, perdoe-me! – geme em silêncio arrasada, incapaz de reagir, de se levantar, de pensar. Só sabe que precisa tomar algum comprimido, e pega um frasco qualquer, sem olhar o rótulo, para quê? A dor que sente é tão profunda que necessita do frasco inteiro. Tomará todos os comprimidos, até deixar de sofrer. E a proximidade da paz a tranquiliza. Abre o frasco, impacientemente, aproxima-o da boca, joga a cabeça para trás, enche a boca de comprimidos e sabe que dentro de alguns instantes a angústia desaparecerá para sempre, mas tem a garganta seca, e não consegue engoli-los, engasga, tem espasmos, tem náuseas, e uma ânsia sobe pela garganta e vomita. A imagem que reflete no espelho, é de uma mulher com o rosto pálido, molhado de suor, os cabelos colados na testa, os lábios ressecados e as olheiras escurecidas. Estremece enquanto levanta a cabeça devagar, assombrada. Quem é essa mulher que está olhando?, pergunta-se de repente. Quem sou eu? Como me chamo? Onde está Nuria Solís? Onde está a garota sorridente, a mulher empreendedora, a mãe sonhadora? Onde está?

Passam segundos, ou minutos, ou horas. Passa o tempo, irremediável, enquanto ela permanece muda e imóvel, radiografando o reflexo daquela mulher estranha que está diante de si e investigando os olhos vazios que a olham sem vê-la. Não a reconhece. Não sabe quem é ela. Até que a visão se confunde e parece entrever os olhos de Bárbara, o nariz de Bárbara, a boca de Bárbara.

— Bárbara! – grita desaforadamente, golpeando o espelho com tanta força que o quebra. Os pedaços se espalham pela pia, pelos azulejos do banheiro, e sua fisionomia se despedaça e desaparece. Não vá embora, Bárbara! Volta! Grita fora de si.

— Mamãe! Mamãe! O que aconteceu? – Nuria Solís fica paralisada. — Mamãe você se machucou? Reconhece-os. Reconhece as vozes. São os gêmeos, que se assustaram ao ouvir o estrago e seus gritos. Nuria fica tensa, repentinamente à espreita, como um felino antes de dar o bote. Respira agitada, sem reagir. — Mamãe! Mamãe! Nuria os ouve e se dá conta de que estão chamando do mundo real, e suas vozes a arrastam. — Mamãe! Chamamos o médico?

Nuria, aturdida, coloca-se de pé com dificuldade e descobre que quebrou o espelho, que está no banheiro, que estava a ponto de cometer uma loucura e que seus filhos estão assustados.

— Não é nada! O espelho quebrou, mas não me machuquei – responde com uma voz que surpreende-a. É a sua voz, e parece estranha. Ao ouvi-la fica admirada. Controla sua voz e as coisas que diz. Sabe que tem de preservá-los, que não podem vê-la nesse estado porque são frágeis. E pouco a pouco começa a se dar conta de que existe. — Já, já saio daqui, não se preocupem – acrescenta. Bárbara também está viva, como os gêmeos. Pensa. Está viva, repete incrédula. Viva. Bárbara está viva e precisa de uma mãe viva.

Nuria Solís foi fundo e quer sair da escuridão. Poderia ter ficado encolhida no fundo do poço, imóvel, mas força o movimento dos dedos, das pálpebras, dos braços e das pernas. Não sabe como, mas encontrou a vontade que, quando jovem, a impulsionava para subir as montanhas e subir morro acima. A vontade que Elizabeth invejava. A vontade que deixou Pepe apaixonado quando se conheceram e que pensava que estava perdida.

— Agora eu me levantarei – disse a si mesma, voluntariosamente, lavarei meu rosto, tranquilizarei os gêmeos, vou me vestir e sair para procurar Bárbara. E sua vontade põe-se em marcha como uma engrenagem antiga enferrujada, em desuso. Ela se levanta lentamente e lava o rosto com água fria, bem fria, e seca com cuidado as gotas que escorrem pelo seu pescoço. Respira uma vez, duas e então pega a caixa do diazepam, do Valium e dos antidepressivos e de todas as porcarias que tomou durante estes quatro anos e as esvazia escrupulosamente no vaso sanitário. As cápsulas coloridas ficam flutuando, amontoadas umas sobre as outras, atoladas, e quando dá descarga, a água as arrasta cano abaixo, é como se desse uma descarga em sua vida e começasse a se libertar dele. "Toma estes comprimidos, são para seu bem." Ele a queria assim, inútil, submissa e acabada. Ele cortou suas asas, destruiu sua autoestima, e foi corroendo até destruir sua alma. Não tem mais alma, é uma mulher vazia, uma embalagem oca, um fantasma. Não tem forças e não se atreve a girar a maçaneta da porta para enfrentar o olhar dos filhos. Vamos lá, diz a si mesma. Agora você tem de pensar, decidir, atuar.

Nuria Solís reencontrou a vontade, mas percebe que é uma vontade debilitada, doente, porque ele a manuseou em excesso. Não, diz a si mesma. Não, não sei, não consigo e não me lembro o que significa ter desejos, sonhos, desafios, compromissos. E procura, desesperadamente, em seu interior, o motor que fará com que funcione sem desfalecer. Quer se livrar dele, de suas ofensas, de suas desautorizações, de suas manipulações grosseiras. Necessita desesperadamente de um motivo para recuperar a fé em si mesma. Resta-lhe pouco tempo e tem de despertar do pesadelo, sair para a vida, caminhar sozinha e enfrentá-lo sem medo. E encontra seu motivo. Agarra-se com força em sua tábua de salvação.

— Bárbara está viva! – diz para si mesma de repente. Sua menina está viva e precisa de você.

21. Bárbara Molina

Dizem que o cabelo de Maria Antonieta, a rainha da França, ficou branco em uma só noite. Também dizem que no momento de morrer, a vida inteira passa diante de seus olhos, como um filme acelerado. Não vejo meu cabelo, não tenho espelhos, mas é possível que esteja branco há muito tempo. O filme de minha vida, que eu havia censurado, eu também vejo, ainda que não queira. Será que a morte está próxima?

Naquele Natal voltou a acontecer, em plena época de festas, com toda a família ao redor, com a árvore cheia de luzes e pacotes embrulhados em papéis coloridos. No almoço, ele bebeu, eu observei. Comeu pouco e bebeu muito. Olhava para mim e para tio Iñaki, uma vez para um e depois para outro, e dizia:

— Bárbara está linda, não é mesmo? – e Iñaki respondia que sim, que já era uma mulher. Tinha bebido muito e estava com mau hálito e quando todo mundo já tinha ido e minha mãe se despediu porque tinha de trabalhar, tive um pressentimento. "Hoje você também tem que ir trabalhar? Sim, querida, o que posso fazer? Se você soubesse a vontade que estou..." Isso não era nada bom. Ele me repreendeu no corredor, antes que pudesse me enfiar no quarto e trancar a porta com a chave. Arrastou-me até o seu quarto, que ficava mais isolado e longe do quarto em que os gêmeos dormiam.

— O que você fez com Martín Borrás? – falou me empurrando contra a parede. — O que você deixou ele fazer?

Não sei como sabia o nome dele, nem como sabia que eu gostava dele e que nos encontrávamos, mas sabia de tudo.

— E com Jesús López? Você pensa que eu sou tonto? Quer que eu diga o que você é? Quer que eu diga? Eu tenho olhos na cara e vi como você olhava para Iñaki. Também se jogou para cima de Iñaki? Balançou-me e, como eu neguei e supliquei que me deixasse, me bateu, me bateu tanto que perdi a consciência e acordei dolorida e zonza quando já estava em minha cama.

Meu corpo estava cheio de hematomas. No entanto, ele já tinha me dado banho, passado iodo nos ferimentos, coberto todo o meu corpo com pomada, e me acordou com um chá. Parecia que tinha chorado, estava desesperado e já tinha passado sua embriaguez.

— Me perdoe – dizia-me –, me perdoe, querida, não queria te machucar, mas perdi a cabeça. Se sua mãe descobre me denuncia para a polícia, me colocariam na prisão e ela não te perdoaria nunca. E você não quer estragar nossa família. Não é isso, você não quer estragar nossa família, não é? – e começou a chorar, arrependido, tão acabado que senti pena dele e fiquei quieta, aturdida e confusa.

Um mês depois, quando já tinha me recuperado mais e estava otimista, esperou que minha mãe saísse e que os gêmeos se deitassem e colocou o pé na porta antes que eu pudesse fechá-la. Eu estava horrorizada.

— Bárbara, querida, não quero portas fechadas nesta casa. Não vê que estou com mais vontade ainda de entrar? Você está brincando comigo, não é mesmo? Sabe que eu te amo muito e que me faz perder a cabeça. Eu só quero te preservar e que não aconteça nada contigo. Você é ingênua e não se controla porque você gosta dessas coisas – e enquanto falava, me encurralava contra a cama. Eu estava paralisada de medo, e sussurrou que, se minha mãe descobrisse, ele diria a verdade, que eu o havia provocado, que no fundo o desejava, que desde muito pequena o procurava, porque eu era sem-vergonha, e que minha mãe morreria de desgosto. "Não quer matá-la, não é mesmo?"

E isso foi o começo do fim. Eu vivia com a alma inquieta, fechando as portas atrás de mim, inventando mentiras, saindo de casa sempre que podia. Procurava me salvar nos braços de Martín Borrás ou nos museus, com Jesús López. Incapaz de estudar, com vergonha de mim mesma, sem amigas e sem ninguém para contar tudo isso. Por isso, acabei com a minha amizade com Eva e a afastei. Porque ela era cúmplice de meu pai. Eva adorava meu pai e o admirava. Ele já tinha se ocupado de fazer a cabeça dela e colocá-la contra mim. Eu não podia acreditar nisso. Tentei me abrir com Jesús e fracassei, tentei fazer amor com Martín Borrás e não consegui. Cada vez eu me sentia mais suja e isolada. "Você acabará mal, é uma perdida, está indo para o mau caminho", ele me dizia, messiânico, profético, com os olhos crispando fogo. Eu aguentava e aguentava sem decidir dar um passo, estragando cada vez mais as coisas, seguindo rumo ao desastre. Até aquela noite de sábado.

No mesmo momento em que Martín Borrás jogou minha roupa na minha cara e me expulsou da casa dele, senti que tinha perdido a última possibilidade de encontrar a saída. Ainda estava tonta pelo que tinha bebido, não sei o que tinha colocado em meu copo, mas via tudo embaralhado e tinha uma consciência difusa de meu corpo. Escutava a música do

Maroon 5, e queria chorar, porque a vida era uma grande mentira. A rua estava escura e eu não sabia para onde ir. Ao passar na frente de um bar, entrei e me sentei ao balcão, sozinha. Em seguida se aproximaram uns garotos. Sei que aceitei o convite deles, que bebi com eles, que tomei algumas coisas, que saímos juntos daquele boteco e que a noite foi longa, exagerada, que ria por tudo e não controlava nada. Não sei muito bem o que aconteceu, mas sei que acabei suja, com a roupa rasgada e os olhos ausentes em uma esquina da rua Santo Antonio. Caminhei por horas e horas cambaleando, perdida, enquanto os caminhões da prefeitura lavavam a cidade adormecida, e o sol começava a apontar, timidamente. Eu me sentia uma forasteira em minha cidade, forasteira em minha vida e não sabia que rumo deveria tomar para voltar para casa, já que não queria voltar para casa. Estava assustada comigo mesma e com minha incapacidade de me controlar. Em uma só noite tinha rolado ladeira abaixo e tinha descido muito fundo. Cheirava mal como as lixeiras do mercado, cheias de peixe e carne podre. Sentia nojo de mim mesma, sentia vergonha de meus atos e precisava que alguém me colocasse limites e me dissesse o que estava certo e o que estava errado. Ele tinha me advertido e tinha toda a razão. Eu era uma sem-vergonha.

 E então, decidi fugir. Fugiria sem dizer nada para ninguém e iria para a casa de Elisabeth e Iñaki, os únicos que estavam suficientemente distantes e não acreditavam em meu pai. Meus tios me escutariam. Minha mãe não era capaz, eu não confiava mais nela, estava muito anulada e dominada por ele. Preparei tudo, entreguei minhas notas, aguentei o sermão e, na manhã seguinte, deixei um bilhete escrito e peguei um ônibus para Bilbao. Não quis ligar para meus tios antes para que ele não interferisse. Essas coisas não podiam ser discutidas por telefone. E fui tonta, porque quando cheguei à casa deles, eles não estavam, e não atendiam o celular. Voltei várias vezes, e passei dois dias em Bilbao, perdida e desanimada, até que, na terceira noite, ele me encontrou saindo do portão do prédio dos meu tios. Tinha me encontrado e, naquele momento, pensei que era inevitável, que era meu destino.

— Você está louca? A polícia está procurando por você. Sabe a confusão que você armou? Como foi que pensou nisso?

Colocou-me no carro, muito sério.

— Já chega, Bárbara, isso acabou – comunicou-me. Eu não abri a boca. Ele também não acrescentou mais nada e dirigiu em silêncio. Seu silêncio era muito mais ameaçador que todos os gritos e os golpes. Ao passar por Lérida me perguntou se eu estava com fome, e eu disse que sim. E foi nesse momento de descuido, quando ele se deu conta de que tinha esquecido a carteira no carro, que eu corri e liguei para minha mãe de uma cabine telefônica. Mas a moeda enroscou e ele ficou furioso comigo e me deu um murro que quebrou meu nariz e provocou uma hemorragia. Ao voltar para a rodovia, estava sem minha bolsa. Limpando o sangue que escorria com um lenço, perguntei a ele, com a voz baixa:

— O que fará agora?

— Você procurou isso. Não pode sair pelo mundo passando por cima dos outros. Você não tem medida, não tem controle. Nós não te educamos bem, Bárbara, sua mãe não soube te educar, deixou você fazer tudo o que tinha vontade e o que você precisava era de um pulso firme – disse ele.

— Quero voltar para casa – pedi.

— Não pode ser assim, você mesma fechou essa porta. A polícia fará perguntas, você contará tudo e todos saberão – nesse instante percebi que era ele quem tinha cometido um delito, e não eu.

— E então? – acrescentei.

— Não sei – cortou-me, estupidamente. Mas uma ideia obscura fervia sua mente. Vi em seus olhos, na forma como segurava o volante, no gesto de apertar com força os dentes. Jurei que não, que não abriria a boca, que ninguém saberia de nada. Mas ele não acreditou, repreendeu-me, dizendo que meu nariz denunciava tudo, meu sangue, minha bolsa abandonada.

— Você acabou com minha vida, com minha reputação. Você queria me denunciar, não é?

— Não – menti.

— Você não me deixou alternativa – murmurou com os olhos agitados.

Dei-me conta de que falava sério em me matar. Certamente eu também não via nenhuma outra saída possível, mas não sei como, dentro do carro, tirei forças para suplicar pela minha vida. Foi um impulso desesperado que saiu de dentro de mim. E ele repensou.

— Há uma solução... – disse, enigmaticamente. — Talvez, talvez essa seja a maneira de te transformar em uma pessoa, de te reeducar, de tirar o monstro que está dentro de você. – Eu, até o momento, não sabia que ideia era, mas, do meu ponto de vista, talvez teria sido melhor se tivesse me matado.

Ouço o barulho do motor do Passat. É ele. Já está aqui. Desta vez não terá piedade. Estou com medo, muito medo. Mas serei valente e vou encarar a morte.

22. Salvador Lozano

Na sexta-feira, dia 25 de março de 2005, às 10h12, o casal Zuloaga teve uma longa conversa com Nuria Solís, informou Lladó, como de rotina, ao ainda subinspetor Lozano. Dessa forma, foi ela quem finalmente os localizou e os avisou do desaparecimento de Bárbara. Previsível. No entanto, surpreende-se com a informação sobre o cachorro da família Molina. Bruc, um labrador que agora teria 9 anos, está morto há três anos e meio. É o que o veterinário falou para Lladó. O veterinário não chegou a ver o cadáver. Pepe Molina contou que morreu atropelado logo depois de levá-lo a Montseny e que ele mesmo se desfez do corpo. É estranho, porque Nuria Solís, mais de uma vez, falou que Pepe Molina estava na casa de campo dando comida ao cachorro. Por que Nuria Solís não sabe da morte do cachorro? Para não fazê-la sofrer? E por que Pepe Molina mente, dizendo que está levando comida se, na realidade, não tem nada para fazer na casa de Montseny? Vai lá ou vai a algum outro lugar? Tem alguma amante, algum negócio sujo, algum segredo? Salvador Lozano pensa rápido, enquanto simula agradecimento e emoção. Gostaria de estar diante de sua mesa, com o processo de Bárbara aberto, o computador ligado e o telefone na mão. Mas está no restaurante para o jantar de sua despedida, morrendo de calor, e procura algum ponto de fuga deste lugar apertado para descansar a vista e escapar visualmente da multidão. No fundo, à direita, tem uma janela, mas está fechada a sete chaves, e a sensação de claustrofobia é tão intensa que afrouxa o colarinho da camisa, desabotoando o botão superior para não se sentir sufocado. A roupa o aborrece e o suor escorre pela sua testa. Está muito gordo, pensa. Enxuga-se com um guardanapo de papel, disfarçadamente, e responde ao cumprimento de um agente que acabou de chegar, nem sequer sabe o nome dele. Habituado a comer sozinho ou acompanhado por sua esposa, em silêncio, não se conforma em compartilhar a mesa com mais 30 pessoas. E ele na ponta, com a cabeça fervendo de novas ideias, de possíveis caminhos novos para a investigação do caso Bárbara Molina, mas é, ao mesmo tempo, quem recebe todos os olhares enquanto oferece sorrisos a torto e a direito. Como no dia do casamento do filho, embora naquele dia não fosse o protagonista absoluto e estivesse acompanhado de sua esposa.

Não tirou o paletó porque está diante de todos e ficaria mal se ele, o convidado de honra, perdesse a compostura e a elegância que o caracteriza, justamente no último dia, a algumas horas de se aposentar. Deixará uma lembrança formal para a posteridade nas fotografias que provavelmente todo mundo perderá ou esquecerá dentro da câmera, mas nas quais todos tentarão sair bem. Ninguém se importa com a formalidade. Muitos jovens foram ao jantar de camiseta e calça jeans, da mesma forma como vão ao trabalho todos os dias, provavelmente nem trocaram de roupa. Sureda, sim. Sureda vestiu-se de futuro subinspetor e está usando um paletó claro por cima de uma camiseta preta e uma Levi´s. Joan Manoel Serrat. Moderno, informal, elegante, como diria a esposa de Sureda. Ela se apresentou ao jantar com precisão. Não é grande coisa. Loira, baixinha, alegre, um pouco magra para o gosto dele, mas no momento, com tantos desconhecidos, criou-se uma distância entre o casal e agora ela conversa com um e com outro como se fossem íntimos. Uma garota esperta, que se sentou ao seu lado, deu um sorriso doce e perguntou pela sua esposa. Ele deu uma desculpa, dizendo que ela não estava se sentindo bem. Havia alguns minutos serviram um prato com um purê alaranjado, enfeitado com um ramalhete de folhas verdes. É como uma pintura holandesa de mau gosto. Sentiu vontade de pedir para que mudassem o prato. Mas a esposa de Sureda pega um pouquinho na ponta da colher, como se estivesse cometendo uma travessura, e experimenta com ar de exagero, e comenta que é uma sopa de abóbora deliciosa. Sopa de abóbora! Quem teve essa ideia? Quem escolheu o menu? Senti vontade de estrangular Dolores Estrada. Com certeza ela fez isso para irritá-lo, porque ele negou a liberação de dois dias para que fosse assistir ao show de Bruce Springsteen, em Madri, neste verão. De repente sente uma vibração no bolso, e coloca a mão, incomodado, pensando que é sua mulher e que deverá dar explicações. O que mais o incomoda é não ter um espaço de intimidade suficiente para manter uma conversa privada. A esposa de Sureda escutará tudo e, depois, à noite, ao lado do marido, contará que o antigo subinspetor é um mentiroso, pois sua esposa não estava doente. Mas, por fim, é Eva Carrasco. E então, sabe que é uma ligação importante.

Ele se levanta e sai discretamente da sala reservada do restaurante. E faz bem, pois Eva Carrasco, de fato, tem algo muito importante para dizer. Tão importante que tem de se apoiar na parede para não cair.

— Bárbara me ligou hoje, mas a ligação caiu rapidamente e não foi possível entrar em contato com ela, novamente.

— O que você está dizendo? – exclama absorto, sem poder acreditar. — A que horas foi isso?

— Depois das 14 h.

— E por que você não me falou isso antes?

— O senhor foi o primeiro para quem eu liguei, mas havia saído para o almoço e, então, fui à casa de Bárbara, e Pepe Molina me assegurou que solucionaria a questão e me pediu para que eu não falasse com ninguém, que ele cuidaria tudo e entraria em contato com a polícia – fala apressadamente, nervosíssima, sem deixar que ele a interrompa e continuou logo após tomar um pouco de ar. — Mas, agora mesmo, descobri que o celular que Bárbara usou para me ligar é o de Pepe Molina – Lozano a interrompe alterado, a ponto de sofrer um infarto.

— O celular de Pepe Molina? Tem certeza?

— Certeza absoluta – responde Eva.

— E quem mais sabe disso? – pergunta rapidamente Lozano, assumindo a volta radical do caso em questão de segundos, como somente os bons policiais e bons roteiristas sabem fazer.

— Nuria Solís, inclusive, estou na casa dela. Descobri a coincidência do número quando ela me passava o número dele por telefone.

— E onde está Pepe Molina agora? – pergunta o subinspetor Lozano, pensando com a velocidade da luz.

— Não sei. Não o encontramos. Não atende o celular e disse que não o esperassem esta noite, que ia trabalhar. Nuria não sabe mais nada.

O subinspetor Lozano enxuga o suor que, agora sim, escorre pelo seu pescoço e molha sua camisa. E enquanto se afasta para que os garçons sigam até o espaço reservado, carregados de pratos e mais pratos de sopa de abóbora, toma uma decisão.

— Fique onde está com Nuria Solís. Se Pepe Molina voltar, não o deixe saber que vocês sabem disso, procure uma desculpa qualquer, disfarce, vá até a rua e me ligue imediatamente, você entendeu?

— Sim entendi – respondeu a garota.

— Eva – disse Lozano com voz séria — a vida de Bárbara está em jogo. – Conseguiu ouvir como Eva, do outro lado, suspira.

— É a segunda vez que me dizem isso hoje. Pepe Molina me disse a mesma coisa.

— Sem dúvida – responde Lozano, preocupado. — Entretanto, antes de mais nada, controle Nuria Solís, não deixe que faça nenhuma besteira. Como ela está? – pergunta com curiosidade.

— Muito serena. Mais serena do que imaginava, o senhor acredita? – Lozano respira aliviado.

— Ficaremos em contato.

O subinspetor Lozano não tem tempo para ficar parado. Tinha um papelzinho amassado no bolso, preparado para o discurso, no qual estavam quatro frases anotadas para cumprir o protocolo, mas que já não serão pronunciadas. Entra na sala e saúda a todos. Sua entrada repentina e brusca deixa todos em silêncio. Melhor assim, não terá de pedir a palavra, já a tem.

— Senhoras, senhores, a presença de vocês nesta noite, aqui, é uma grande honra, mas lamento comunicar que por motivos de força maior preciso me ausentar – Fica em silêncio por alguns instantes porque é impossível se fazer ouvir neste alvoroço que se formou na sala. Espera mais alguns segundos e continua. — Trata-se de um caso muito delicado, que requer uma intervenção imediata.

O futuro subinspetor Sureda se levanta imediatamente:

— Eu tomo conta disso – decide impetuoso. Mas um NÃO, taxativo, pronunciado com autoridade, faz com que fique quieto.

— Se eu precisar de você te ligo – finaliza Lozano seguindo em direção à porta. De repente, ao colocar de novo a mão no bolso, encontra o papel, repensa e o entrega para Sureda.

— Pegue, se puder me fazer um favor, leia este discurso de despedida em meu nome – entrega o bilhete na mão de Sureda na frente de todos, sem deixar alternativa. Recusar seria inconveniente. Lozano levanta o braço e se despede com a cabeça erguida. — Foi um prazer trabalhar com vocês durante todos estes anos. E sai.

Assim que saiu pela porta, tira a gravata e desabotoa o botão da camisa. "Pronto", diz a si mesmo, "agora já está tudo feito. Já estraguei tudo. Todo mundo foi testemunha de que tomei uma decisão imprudente, que atuei com avareza e que não passei o posto a meu sucessor." Mas não fez isso somente por orgulho, que logicamente possui, e que não tem vergonha de reconhecer que nos últimos dias havia aumentado. Não, não foi por isso. Ele conhece perfeitamente os atores dessa tragédia e tem de trabalhar depressa, com discrição e precisão. É o único capaz de fazer isso, embora a lei já não mais o permita. Passará por cima da lei. A vida de uma garota é mais importante. É um caso muito delicado para colocar outro agente para trabalhar. É uma questão de vida ou morte e tem somente duas horas para finalizar. "Depois disso, entregarei meu cargo", fala para si mesmo enquanto sai à rua, para um táxi e dá o endereço da delegacia.

A escuridão e o anonimato do táxi o tranquilizam. Por sorte, o taxista é um homem discreto, que não tem rádio e não critica a prefeitura de Barcelona. Isso permite que pense. E pensa, pensa com dificuldade. E vem à sua cabeça o maldito Molina. O mesmo jogo de Raskolnikov. Rindo dele debaixo de seu próprio nariz durante quatro anos. O criminoso estava muito mais próximo do que pensava, mas em nenhum momento pensou na possibilidade de que Bárbara estivesse viva. Lozano fica irritado consigo mesmo por não ter investigado a fundo a que horas Pepe Molina deixou Bilbao. Eram momentos de confusão e havia muitas linhas de investigação abertas. Sim, pediu confirmação e a Ertzaintza respondeu de forma imprecisa. Tinham visto Molina andando de um lado para o outro pela região e interrogando as pessoas dos bares, mas ninguém pode dizer exatamente a hora que saiu de Bilbao. Se Pepe Molina saiu de Bilbao até as 2 h e não às 7 h, como declarou, o resto é fácil. Tudo se encaixa. Enquanto Eva falava, visualizou perfeitamente a sequência dos fatos e percebeu rapidamente que somente tinha de trocar o nome de Jesús López pelo de Pepe Molina para que tudo ficasse claro e compreensivo. Abusos. E começa a recolocar as peças do quebra-cabeça impossível. Lembra-se da forma como Pepe Molina falava com Nuria Solís, seus olhares fulminantes, sua desautorização constante, seu autoritarismo intransigente. E ela, com os olhos baixos e receosos, os comprimidos e a culpa permanente. Lembra-se dos hematomas no corpo da menina, os machucados nos braços, escondidos. Sim. Tudo está claro, tão claro que estremece por não ter sido capaz de enxergar antes. E provavelmente, sua investigação a respeito do cachorro o levaria a essa mesma conclusão. Faltou tempo, lamenta.

Pepe Molina enganou a todos. Desempenhou seu papel admiravelmente. Para ele foi muito fácil. Tinha dois suspeitos que ele mesmo se encarregou de condenar e, para si mesmo, reservou o papel de pai justiceiro. Foi uma atuação magnífica: luz, câmera e ação. O pai desolado, o pai indignado, o pai exaltado. Liderou manifestações, pediu leis mais rígidas, participou de programas televisivos, agrediu Jesús. Que farsante! Que filho da puta! Não foi necessário modificar seu perfil de pai autoritário, pois isso era suficientemente verossímil. Ele sabia onde estava Bárbara durante todo esse tempo. Mas como manteve esse segredo?, pergunta-se. Lembra-se das preocupações de Pepe Molina pela logística familiar, suas viagens para um lado e para outro. Empalidece. E seu revólver! Lembrou-se de que tem licença para uso de armas por causa de seu trabalho como representante de joalheria e de que ele mesmo tirou a licença de seu Smith & Wesson 38 devido ao incidente com Jesús. No entanto, depois de um tempo considerável e, em vista de sua boa conduta, devolveu a licença. Anota mentalmente esse fato e o acrescenta aos demais. Deve agir com cautela, porque é um homem perigoso, extremamente perigoso. Um tipo inteligente e sádico. E lembra-se de seu duro controle sobre sua mulher, sua arrogância e, acima de tudo, sua estratégia para alimentar com lenha, constantemente, a cortina de fumaça que ele mesmo levantou. Durante quatro anos estiveram atrás de pistas para incriminar dois suspeitos falsos, porque ele insistiu obsessivamente. Sempre pedia que não parassem de vigiá-los, que ficassem em cima. Possivelmente acreditava, e estava certo, que, se baixassem a guarda, talvez contemplassem outras linhas de investigação. Que idiota! – exclama novamente Lozano. A desculpa do cachorro era boa e a casa de campo de Montseny, um lugar suficientemente isolado e solitário para que os vizinhos não se dessem conta de nada. Uma casa de Nuria Solís, onde a família passava os verões antes do desaparecimento de Bárbara. Já estão na frente da delegacia.

Paga com uma nota alta e diz ao reservado taxista que fique com o troco e sobe, ofegante, até o escritório. "A casa de campo, a casa de campo", vai repetindo. Havia pedido ajuda a outra unidade e ordenado que inspecionassem discretamente o jardim, para ver se haviam mexido na terra recentemente. Sentiu vergonha sabendo que os Molina passariam por isso, mas era sua obrigação. Talvez Bárbara já estivesse ali? Onde? A casa parecia totalmente abandonada. Estava toda suja. Pepe Molina mostrou a casa, muito preocupado. As camas não tinham lençóis e a cozinha estava quase vazia. O cachorro. Enquanto sobe os degraus de quatro em quatro se lembra de que Nuria Solís disse, mais tarde, que lamentava pelo animal, que o mantinham preso na adega do porão para que não escapasse. Uma adega própria para isso.

Ao chegar ao escritório, abre a pasta do processo e busca ansiosamente o endereço da casa, anota, pega seu Glock 9 mm, carrega-o e pede a Mariona Estévez, que está de plantão, que providencie um carro imediatamente e que programe o GPS com o endereço da casa de campo. Pede também que prepare uma unidade operativa de três agentes para que sigam até Sant Celoni e, ao chegarem lá, esperem a próxima ordem.

Lozano olha o relógio. São 22h18. Não tem muito tempo. Mas Bárbara, lamentavelmente, tem menos ainda.

23. Bárbara Molina

Eva se interessou, por algum tempo, em ler tragédias de Shakespeare e me disse que, no terceiro ato, os protagonistas são levados à destruição. Não têm saída. Como eu. Agora estou no último ato da tragédia de minha vida. Para mim, isso está claro. Tudo passou tal e qual eu imaginava. Ele entrou com o revólver na mão, exibindo-o, como no dia em que matou Bruc na minha frente, e me apontou a arma. Durante todo o tempo em que falava de forma agressiva, não deixava de apontar para mim. E eu escutava, lúcida como nunca, enquanto contemplava o buraco do canhão, imaginando que era o objeto de uma câmera fotográfica, familiarizando-me com ele, fazendo-me amiga.

— Eva me disse que você ligou para ela. – disse-me repentinamente, como uma bofetada seca, para que fique claro que controla tudo, que não escapa nada, que fora dessas quatro paredes também sou sua prisioneira e que o mundo que eu acredito ser livre é uma teia de aranha que sufoca os meus gritos. Continuei em silêncio. Sem esperanças, eu perdi o medo. Isso é uma vantagem.

— Você não fala nada? – gritou ao ver minha atitude provocativa. Continuei calada. Que ele saia do sério, que ele passe mal.

— Você se dá conta de que estragou tudo outra vez? – continuo quieta e olho para ele desafiadora, com o queixo para frente, preparada para receber um golpe, para o qual eu juro que não derramarei uma lágrima.

— Não poderemos mais fugir juntos! – fala com um quê de sincero desespero. Do que ele está falando? – penso. De que fuga ele está falando?

Ele nota que me despertou a curiosidade e continua.

— Eu tinha planos para nós dois. – Fico surpresa. Não quero nem ouvir isso, falo para mim mesma, mas escuto. Que planos? – pensei, com raiva por não conseguir me desligar.

— Eu tinha planejado tudo, estava economizando dinheiro, sabia que poderia conseguir uma identidade falsa, estava fazendo contatos no Brasil. Você sabia que o Brasil é um dos países em que o FBI não tem acesso? No Brasil tem praias, tem mar e poderíamos ser felizes – fiquei desconcertada. Ele e eu no Brasil? Vivendo em liberdade? Diante do mar? Está de brincadeira comigo?

— Eu estava esperando a aposentadoria do subinspetor Lozano para começar a preparar tudo, continuou. O sucessor do subinspetor esqueceria o caso, deixaria passar e não se preocuparia nem um pouco se eu me arrebentasse com o carro. Não daria importância nenhuma para isso – eu me assustei de verdade. Vi que estava falando sério. Ele abaixa o tom da voz, confidencialmente, como se alguém pudesse nos ouvir.

— É o que eu pensava fazer, simular um acidente fatal, com muita cinza e apagar completamente minhas pistas. Encerrar o caso e ter um amanhã limpo daí para frente. Você e eu.

Assustada, arregalei os olhos e, provavelmente, ele não interpretou isso corretamente. Talvez tenha pensado que eu estava encantada com seus planos para o futuro. A hipocrisia de não esperar nada além da morte me permitiu enxergá-lo com outros olhos, e de repente o vi como cretino e utópico. Mas ele estava seguro de que tinha me comovido e continuou se abrindo.

— Hoje o subinspetor Lozano me ligou para me contar que amanhã mesmo estará aposentado. Eu tinha calculado errado, pensava que ainda faltava um ano. Talvez por isso, tenha ficado preocupado e não tenha sido suficientemente cuidadoso, e depois da ligação dele, saí o mais rápido possível para começar os preparativos, mas... – nesse momento ele para e, de repente, fica sério.

— Esqueci o celular – diz, enquanto olha com tristeza o aparelho, em cima da mesa bem à vista, onde eu deixei. — Agora não teremos futuro algum – conclui. É isso, falo para mim mesma com satisfação. Estraguei os planos dele e, por isso, ele está mais desesperado que eu. Ao saber que ele também não tem nenhuma esperança, eu sinto uma alegria pueril. Mas, em vez de disparar contra mim, deixou os braços caírem e sentou-se na cama, ao meu lado, abatido.

— Por que você fez isso comigo, menina? – exclama, falando sozinho, pois eu não lhe respondo nada nem penso em responder.

— Agora vão nos encontrar. Vão encontrar a você e a mim. Talvez isso aconteça em algumas horas, talvez em alguns dias, talvez em um mês. Mas, mais cedo ou mais tarde vão nos encontrar – eu continuo calada, olhando descaradamente para ele.

— Não me olhe assim! – grita. — Você se dá conta do que eu estou falando? Você se dá conta de que estou falando que temos de morrer? – sorrio. Achei engraçado. Ele me ameaça de morte há quatro anos, vi a morte milhares de vezes e agora ele, que pela primeira vez está perto dela, fica assustado. Tive muita vontade de rir, mas não pude porque me deu uma coronhada com o revólver.

— Chega! – gritou. — Chega!

E vejo que o que o tira do sério é o fato de eu estar serena. Preferia que eu suplicasse, que me arrastasse, que pedisse por favor, que salvasse minha vida, que não me matasse. Não quero dar esse gostinho.

— Primeiro vou matar você – diz lentamente com uma fanfarronice impostada que não me causa medo algum. — E depois eu me suicido – ressalta. – Eu não pisco e, por fim, abro a boca.

— E o que você está esperando? – insulto-o. Tenho dificuldade para falar porque me bateu com o revólver no osso da mandíbula e minha gengiva está sangrando. Mas estou acostumada com a dor, com o sangue, com a morte. Ele, não. Ele fica de pé, e, com as mãos trêmulas, me aponta a arma.

— Tudo o que fiz foi porque te amo demais. Você é sem-vergonha, Bárbara, muito sem-vergonha.

— Eu sei, me mate de uma vez – desafio, cada vez me achando mais corajosa, cada vez mais insensível, cada vez mais perto do terceiro ato. Já estou cansada de embromação, penso. A morte não me assusta mais, assumi a morte há muito tempo e tenho vontade de acabar com isso de uma vez por todas e deixar de sofrer. Só me angustia a desagradável logística de deixar de viver. Ou trâmite, como diriam. No entanto, ele não dispara, caminha de um lado para o outro, como eu fiz há algumas horas, como um leão enjaulado. Estou em vantagem, pois já percorri esse caminho antes dele e cheguei ao final. Agora estou em paz.

— E sua mãe?– exclama, de repente. — Não pensou na sua mãe quando pegou o telefone e ligou para Eva? Você não tem coração? Não tem sentimentos? O que sua mãe vai fazer quando nos encontrarem mortos, nós dois, e então a vergonha cair toda sobre ela? Você não pensou nisso, é lógico que não. Você não pensa nas consequências de seus atos, você simplesmente faz, e só isso. Você é egoísta, baixa e mesquinha e sempre será assim.

Ouvi isso como um barulho de fundo, como quem ouve o repeteco de uma radionovela barata. Agora está tramando alguma saída imprevisível. Conheço-o bem. Está morrendo de medo e tenta se enganar. Está tentando enganar a si mesmo. E eu sinto vontade de rir ao vê-lo tão amedrontado. E se não nos encontrarem nunca?, penso, de repente, enquanto ele fala e gesticula como um ator de uma tragédia de Shakespeare. Porque talvez ninguém tenha a ideia de descer até o porão da adega da casa. Nesse caso, a posteridade estará equivocada. A data de minha morte, a que saiu na nota dos jornais, não será verdadeira, e ninguém chorará por mim, porque eu já havia morrido antes. Isso sim me deixa chateada. Todas as pessoas têm direito a serem veladas nos funerais.

— Vai, me mate logo! – grito, colocando-me de pé, teatralmente, e oferecendo-lhe o peito. — Estou cansada de tanta comédia, de tanta demora. – mas ele abaixa a arma, visivelmente nervoso.

— Não é tão fácil, Bárbara, não consigo te matar porque te amo.

— Mentiroso, mentiroso, – mais que mentiroso, penso.
— No entanto, se você colaborar, haverá uma saída.
Covarde, mais que covarde, penso.
— Ainda temos uma saída.

Aperto minhas mãos e me calo.

— Não pode fazer isso comigo agora, não tem direito de me fazer sofrer ainda mais. Estava preparada. Quero terminar com toda essa merda. Agora! Me mate de uma vez.

— Bárbara, escute – tapo meus ouvidos, pois não quero ouvir.

— Bárbara, ouça bem o que eu vou dizer, querida.

E começo a chorar de puro desespero.

24. *Eva Carrasco*

Há alguns minutos, Eva não reconheceu a mulher que saiu do escritório com um molho de chaves na mão, vestida com uma calça bege e uma camisa vermelha escura. Não reconheceu sua forma de caminhar nem seus gestos precisos ao digitar um número de telefone e esperar com a cabeça erguida e com certa impaciência que alguém respondesse do outro lado. Era Nuria Solís, mas também não reconheceu seu tom de voz ao falar ao telefone.

— Elisabeth, preciso de você. Pegue o carro e venha imediatamente. Vou deixar os gêmeos na casa de Lourdes, a vizinha do segundo andar, com uma troca de roupas. Quando chegar, leve-os para Bilbao com você. Quero que eles estejam longe por alguns dias. Depois eu te explico – e sem esperar pelo menos que Elisabeth voltasse a si, pois ficou pasma, desligou o telefone e foi diretamente ao quarto dos gêmeos. Uns minutos depois, saiu com os dois e uma bolsa de esportes a tiracolo e sumiu por alguns minutos do apartamento. Depois de algum tempo voltou e fez outra ligação. Desta vez mais obscura, mais sucinta.

— Boa noite, quem fala é Nuria Solís, do departamento de ginecologia. Avise, por favor, que não irei trabalhar hoje

– nenhuma explicação. Desligou, respirou fundo, colocou um casaco marrom, de manga três quartos, depois de verificar se as chaves que tinha colocado dentro da bolsa estavam realmente ali, pendurou a bolsa no ombro e disse:

— Me acompanhe – Eva ficou boquiaberta. Essa mulher não pode ser Nuria Solís, pensou imediatamente. Não pode ser a mesma mulher que abriu a porta esta manhã, com os olhos baixos e voz fraca. Agora parece mais alta, mais forte e, inclusive, mais jovem.

— Lamento, mas não podemos sair – desculpou-se Eva, rapidamente. — O subinspetor Lozano me ordenou que esperássemos aqui, sem fazer nada.

A nova Nuria Solís olhou para ela uma única vez.

— Como quiser, se não quer me acompanhar, chamarei um táxi – e deixou Eva sem esperar, do mesmo jeito que fez com a resposta da irmã e da telefonista do Hospital Clínico.

Eva suspeita que Nuria Solís mudou sua fisiologia. Não é mais uma mulher de carne e osso. É uma morta-viva, uma zumbi que ressurgiu das cinzas, um ser feito da matéria dos deuses, insensível à dor, à empatia, aos obstáculos. Uma espécie de fantasma. Engole a saliva. E os fantasmas não podem ser detidos, porque traspassam as paredes e chegam até onde querem. Nesse caso, preferiu ficar ao lado dela e a seguiu como um cachorrinho.

— Você tem carteira de motorista e carro, não é mesmo?

— Sim – respondeu Eva rapidamente.

— Preciso que você me leve para onde direi. Vou te indicando o caminho.

Eva está dirigindo há praticamente uma hora e não errou o caminho nenhuma vez. Nuria Solís foi dando todas as ordens, precisamente, sem hesitar nem um momento. Vire à direita. No próximo semáforo, à esquerda. Deixaram a rodovia de Gerona na saída de Sant Celoni e entraram em estradas rurais que ela conhecia como a palma de sua mão. Eva não perguntou, mas sabe que estão indo para a casa de campo. Era ali onde Bárbara passava as férias nos meses de agosto, para onde a havia convidado mais de uma vez. Uma casa do século XIX no meio da montanha, rodeada por um espaço de terra, por um horto que ninguém mais cultiva e por uns campos abandonados com quatro amendoeiras dispersas e uma oliveira centenária. Engole a saliva. Deve ser lá onde Bárbara ficou trancada todo este tempo, passa pela sua mente de repente.

— Estamos indo à casa de campo, não é mesmo? – Nuria Solís responde como um robô, sem olhar para Eva.

— Estive conferindo os pedágios das rodovias e quase todo o dia, durante anos, Pepe fez este itinerário – diz sem nenhuma emoção. Eva acelera e sente certa inquietude porque deveria ter entrado em contato com o subinspetor Lozano há algum tempo.

— Deveríamos chamar a polícia, propõe em voz alta, mas Nuria Solís não dá atenção.

— Sabe por que não posso dirigir? – fala fora do contexto. — Ele me disse que tomando os comprimidos seria perigoso e que não valia a pena renovar minha carteira. Não queria que eu pisasse nessa casa nunca mais – fala com raiva súbita. — Trará muitas recordações, me sugeriu no primeiro verão. O melhor seria vendê-la – comentou sem muita ênfase.
— Ele dizia isso sabendo que eu nunca venderia esta casa.

Eva fica calada e escuta, deixa Nuria Solís desabafar. Ela precisa. Permaneceu muitos anos em silêncio e agora que começou a falar é como uma garrafa de refrigerante agitada, efervescente, raivosa.

— Foi ele quem me fez tomar esses remédios, naturalmente me acompanhou ao psiquiatra, o que facilitou um diagnóstico detalhado de meu caso. Segundo Pepe, estava sofrendo uma depressão profunda e tinha tendências paranoicas. Dei pouco trabalho ao psiquiatra. Ele já tinha levado os deveres feitos – respira e inspira profundamente porque está sofrendo. — E eu acreditava nele – suspira. — Todo este tempo acreditei nele de pés juntos e estava agradecida, porque se responsabilizou pelas compras, pelo cachorro, pela casa, pela minha saúde... e pelo caso de Bárbara – e ao dizer Bárbara, Eva nota como eleva o tom de sua voz, para dizer seu nome bem forte e se convencer de que está viva.

— Sabe qual é a diferença entre um viciado e um doente? – pergunta com um tom diferente de voz. Espera uns instantes que parecem eternos. — Que o viciado pode se curar a qualquer momento, e o doente, não. É tão simples como estalar os dedos e dizer chega. Acabou. Foi assim que deixei de fumar. Depois de falar isso já era uma ex-fumante. E então, tudo que estava fora de foco, voltou ao normal, tudo o que eu pensava que fazia porque eu queria era consequência do meu vício – Nuria interrompe seu discurso para orientar Eva.

— Vire à direita, aqui, muito bem, siga reto – Eva observa Nuria estender as pernas e arquear as costas, como um gato antes de pular.

Já estão perto da casa e, embora esteja frio, Nuria abre a janela do carro e deixa o vento emaranhar seu cabelo. As revelações são instantâneas, continua detalhando lentamente, como se falasse sozinha. Não há necessidade de interpretações.

— De repente você vê tudo o que estava escuro, o que ficava na sombra, impreciso, escondido, exatamente como um filme de fotografia antigo que não significa nada até que as imagens não sejam reveladas. E ali onde parecia haver manchas, aparecem as imagens, no lugar em que sempre estiveram, mas fora do alcance do olho humano. De um momento para outro fica nítido, claro, reconhecível – Eva concorda, o olhar fixo no para-brisas e as mãos no volante, sem se distrair da direção. Ela também pode iluminar os cantos escuros do verão de Bárbara e se sente transtornada com a revelação. Ela admirava Pepe Molina, achava-o um homem respeitável, sério. Se Bárbara tivesse contado tudo para ela, não teria acreditado, teria se colocado do lado do pai dela e teria considerado a amiga uma mentirosa compulsiva. Pepe Molina tinha se encarregado de fazer a cabeça dela, de tê-la como aliada. Pobre Bárbara, dizia para si mesmo, minha filha não está bem da cabeça, inventa histórias. Tenho medo de sua saúde mental. Ela se preparou para uma possível confissão da amiga e agora entende que Bárbara rompeu a amizade com ela por esse motivo. Tenta imaginar quantas garotas como Bárbara devem viver na escuridão e condenadas ao silêncio. Nuria Solís levanta uma mão.

— Para, para aqui – Eva freia. Ainda não tinham chegado ao portão, estavam a uns 200 metros da casa, transitando por um caminho rodeado por azinheiras, mas é mais prudente estacionar o carro longe para que ele não as ouça. Nuria Solís abre a porta do carro e sai.

— Você já pode voltar – ordena. Eva abre os olhos, pasma.

— Não deixarei que você vá sozinha – Nuria Solís não a espera e começa a caminhar em direção à casa, resoluta. Eva, depois de fechar o carro e apagar as luzes, segue ofegante atrás de Nuria.

— Me espera! Me espera! – Nuria aponta o portão de ferro da entrada, um filigrana modernista cuja imagem é um dragão enroscado no corpo de uma jovem. Trágico presságio. A imagem foi moldada pelo bisavô, que era ferreiro, disse com orgulho, empurrando o portão com cuidado para evitar que fizesse barulho. Agora caminham com precaução. Estão conscientes da situação e, ao entrarem no quintal, são recebidas pela sombra da lateral do carro, provocada pela luz da lua minguante. Até agora, tudo havia sido uma suposição, mas naquele instante se transformou em uma certeza, pensa Eva tão ou mais impressionada que Nuria Solís.

Ele está dentro da casa, e Bárbara também. E suas pernas tremem ao pensar em Bárbara. Nuria caminha cambaleando até o carro estacionado e se apoia nele, sem forças, a ponto de desmaiar. Eva a ajuda e pega sua mão, gelada, fria, ambas chocadas pela súbita revelação. E ali, apoiada sobre o carro e olhando para o céu estrelado, Nuria murmura em um sussurro:

— Há muitos anos deixei de ouvir minhas intuições. Antes eu deixava me guiar por elas. Intuía que a felicidade se conseguia quando se corria atrás dos sonhos. Sonhava em ser médica, sonhava em viajar, sonhava em ter uma filha livre, independente, orgulhosa de ser mulher – suspira. — Vivi o suficiente para confirmar que minhas intuições estavam certas – e, de repente, fica de pé, passa uma mão pelos olhos, talvez úmidos, e morde os lábios.

— Ainda que ele tenha matado essas intuições – acrescenta finalmente. Então abre a bolsa, pega as chaves e se volta para Eva:

— Vá – ordena. Eva vacila, mas obedece. Notou uma determinação que não será detida diante de argumento algum. Não pode fazer outra coisa senão pedir ajuda.

Nuria Solís não se move nem um milímetro até que Eva não tenha dado meia-volta e seguido até o seu carro. Eva observa como caminha Nuria lentamente e, com mão firme, coloca a chave na fechadura, suavemente, sem medo. Afinal de contas, é a casa dela. A casa que herdou de seus pais, onde passou os verões de sua infância, a casa que conhece com a palma de sua mão e para onde nunca quis voltar porque traz muitas recordações de Bárbara.

Eva pega o celular e digita o número de Salvador Lozano.

25. Salvador Lozano

Salvador Lozano se irritou com o GPS e deixou de obedecer-lhe ao se dar conta de que o estava mandando de volta para a rodovia. Talvez o satélite não localizasse corretamente a casa de campo. Maldito GPS, pensa. Fica quieto!, grita quando repete pela centésima vez que, na próxima possibilidade, mude de sentido e retome a rodovia. Não quero voltar para a rodovia, idiota!, replica. E, então, faz o que deveria ter feito antes: desliga o aparelho e para o carro. Sente-se ridículo por ter brigado com um aparelho. E está nervoso, principalmente porque a culpa foi dele mesmo. Lembra-se de que da outra vez aconteceu a mesma coisa com eles e ficaram dando voltas e mais voltas até que decidiu ligar para Pepe Molina, que explicou a forma de chegar. Talvez por isso ele esperasse com todo o cenário pronto e com o sorriso nos lábios, o desgraçado. Tem certeza de que está próximo da casa, mas desta vez irá surpreendê-lo. Tem o palpite de que está chegando, mas se pergunta: É possível se orientar à noite e sem mapa?

E como resposta a sua pergunta desesperada, toca o celular e não pode acreditar no que Eva Carrasco está falando.

— O que você está me dizendo? Nuria Solís entrou sozinha na casa e ele está lá dentro? Isso é uma loucura. Agarra o volante para pensar com clareza. E você, onde você está agora? – ao ouvir que está a uns 200 metros da casa, tem uma ideia brilhante. — Acenda todas as luzes do carro – ordena para Eva, enquanto desce do carro. Depois de olhar, vê o carro de Eva. — Muito bem – grita pelo celular. — Dá meia--volta e vem retrocedendo pelo caminho. Em poucos minutos vamos nos cruzar. Vamos continuar nessa ligação. Se eu te perder, te aviso e você para. De acordo? – o subinspetor Lozano, enquanto segue com dificuldades entre as árvores de Montseny, tem a preocupação de olhar o relógio e comprovar que ainda está no exercício de suas funções. São 23h24. — O Sureda que se dane! – murmura.

26. Nuria Solís

Nuria caminha tateando as paredes. Não quis acender a luz e, de fato, não precisa, pois conhece a casa perfeitamente. Quando era criança, corria por ali de um lado para o outro, no escuro, fazendo barulho e tropeçando nas cadeiras, sem se preocupar se era possível enxergar ou não. Naquela época não havia luz elétrica, mas ela não tinha medo do escuro. Elizabeth, sim, e quando estavam as duas sozinhas, e o sol se punha no horizonte, e não havia nenhum adulto perto para acender as luzes a gás, agarrava as pernas e chorava. Nuria Solís espanta as lembranças balançando a cabeça, como se fossem moscas insolentes que rodeavam com um zumbido incômodo. Mas não faz isso com suficiente contundência. Por surpresa, sente um cheiro conhecido e antigo. O cheiro do pão com vinho e açúcar, da sopa de tomilho, do pêssego recém-colhido, das amêndoas torradas, do mofo. Os cheiros ofuscam seus sentidos e a devolvem ao passado, um passado em que tinha pais e proteção, em que caminhava com passos firmes e sempre encontrava uma mão firme em que se apoiar. Depois foi que começou a cambalear, a duvidar de sua intuição e a temer a escuridão. Não serviu de amparo aos seus filhos. Bárbara também buscou a mão que ela sempre teve ao alcance e não a encontrou. Em vez de uma mãe valente, encontrou uma mãe medrosa que escondia a mão e a deixava órfã. Outra vez a culpa, a maldita culpa que volta insistente. Lamenta. E sabe que se culpando não irá à parte alguma. Que a culpa paralisa e justifica, que é o antídoto da ação. Tenta pensar positivo e expulsar a culpa que ele manipulou dia após dia, como um veneno lento e mortal diluído em palavras. Não estou doente, não sou culpada, afirma para si mesma. Quer pensar em outra coisa e busca desesperadamente alguma coisa para se apoiar, e imagina como estará Bárbara depois de quatro anos, se terá crescido, se mudou sua fisionomia, se ainda terá a covinha na bochecha ao rir, se ainda terá os cílios sombreados que destacavam seus olhos cor de mel, grandes, abertos, que olhavam o mundo com curiosidade. Sua alma entristece ao pensar que somente tenha visto quatro paredes brancas e uma mesma fisionomia. Encontrará uma mulher, e talvez não esteja preparada, reflete, com um ponto de inquietação. Mas é Bárbara, continua sendo Bárbara, sua menina. Sente como suas vértebras rangem só de pensar no sofrimento destes quatro anos. Não pode imaginar e sabe que nunca, por muito que se esforce, poderá compartilhar um pouquinho da dor de Bárbara.

 Aproxima-se da tubulação que há detrás da despensa da cozinha. Sabe que vai dar no porão e que está ligada à adega. Para e escuta, encostando a cabeça nos tubos, que são frios, e seu coração gela. Sim, ouve vozes na adega. Tira os sapatos e os deixa de lado, pois teme que um leve barulho que faça ao andar os alerte. Ela ouvia tudo quando era pequena. Distinguia os passos do avô, a forma manca da avó andar, as rodas do carro e o sapateado alegre da mãe. Ela se esforça para ouvir até que as pernas ficam bambas ao distinguir um timbre de voz agudo, de menina ou de mulher. Será Bárbara? Com certeza. Não pode ser de outra pessoa, afirma para si mesma. E o sangue corre mais rápido por suas veias, porque tem certeza de que ela está viva. Não era um sonho, sua menina ainda está viva e só está separada dela por alguns metros. Ao ouvir sua voz, os braços queriam abraçá-la inteira, e abraçá-la muito forte.

Pouco a pouco os olhos vão se habituando à pequena fresta de luz que entra pela janela. Já percebe as sombras dos armários, os objetos deixados sobre a pia, as seis cadeiras de carvalho, a mesa com a toalha xadrez. Passa a mão e acaricia os objetos conhecidos. A jarra de cristal, as colheres de madeira. Objetos que compartilharam a solidão com sua menina, mas que nunca poderão devolver estes 4 anos sem ela. Anos roubados, longos, intermináveis, uma vida dentro de outra vida, sem tocá-la, sem vê-la, sem escutar sua voz e sem sentir o cheiro de sua pele. Pensa na mentira, no engano, no fingimento e na hipocrisia que viveu debaixo do seu próprio teto durante todo este tempo. E a raiva toma conta de Nuria. Por que nem ela nem ninguém se deram conta da máscara de Pepe? Quantos homens como ele escondem uma vida condenável atrás de máscaras respeitáveis? Abre a gaveta dos talheres e, apalpando, pega uma faca. É uma faca de cozinha, grande, das de cortar carne. Está bem esta.

Bárbara está viva, repete, ainda está viva. E com esse sentimento abre a portinha da cozinha e começa a descer as escadas.

27. Bárbara Molina

Em alguns minutos minha vida mudou da água para o vinho. Estou fazendo minha mala. Sairei daqui e voltarei a ser uma pessoa normal. Caminharei pelas ruas de uma cidade desconhecida, sentirei o ar e o sol em minha pele, escutarei o burburinho, verei outras caras, mas ninguém me acusará porque não me conhecem. Pararei na frente das vitrines das lojas, perguntarei sobre a roupa da temporada e escolherei a mais escandalosa, a mais chamativa, a que tenha as cores mais berrantes. Provarei vestidos, calças, blusas e sapatos, muitos sapatos, para caminhar, correr, pular. E, quando estiver cansada de dar voltas pela minha nova cidade, sentarei no terraço de um café, em uma mesa redonda banhada por luz, com a sombra de algumas árvores, e pedirei um sorvete de baunilha e chocolate. Tomarei devagar, com desejo, fechando os olhos e sentindo como se desfaz suavemente na boca e, por descuido, sujarei meu nariz, como sempre faço. E vou rir. Voltarei a rir, a entrar no cinema, a manusear livros em uma livraria, a preparar um ovo frito para mim em uma cozinha com a janela aberta que dê para uma rua cheia de carros e movimento, enquanto ouço música em alto e bom som.

Escalarei uma montanha para ver o nascer do sol e esperarei até que o horizonte se pinte de vermelho, como um espetáculo pirotécnico. Durante as noites, contarei as estrelas que caem do céu e tomarei banho à luz da lua.

    E verei o mar.

    Prometeu-me que iremos a uma cidade à beira-mar, com praia. Não me importa qual mar é, o Mediterrâneo, o Atlântico, o Pacífico. Vou morar de frente para o mar e o azul intenso da água será a primeira coisa que vou ver ao me levantar. Comprarei um biquíni novo, o mais bonito e, ao amanhecer, quando ainda estiver fresquinho, colocarei uma blusa e irei à praia para me cobrir de areia branca, até que o sol esquente. E depois, me levantarei de repente, correrei para o mar e mergulharei no momento em que a onda se aproximar, com a crista de espuma branca no alto, e desaparecerei debaixo das águas, com os olhos bem abertos, rodeada de peixes, de algas, de mar. Aos domingos alugaremos um barco e navegaremos mar adentro. Eu conduzirei o leme, e ninguém me conhecerá. Ele me prometeu que nunca mais irá me molestar e que não colocará mais as mãos em mim. Jurou que terei meu quarto, minha chave, minha liberdade. Chorou e me pediu perdão, está arrependido de verdade, e me ama. Não deseja me fazer mal. Quer que eu viva e seja feliz e, por isso, dei-lhe uma oportunidade. A última.

    Se me descobrirem, será uma traição minha e o condenarei à prisão. E um inferno e a vergonha esperarão por mim. A censura de uns e de outros e o vazio da família. Não tenho mais nenhum lugar neste mundo pois o deixei para trás no dia que decidi fugir. Por isso, iremos procurar outro lugar, sob medida para nós. Quero viver. Agora sim, quero viver uma nova vida, com uma nova identidade. Quero outra oportunidade, e ele me dará, porque me deve isso, porque mudou, porque é outro,

porque eu fui tão valente que me atrevi a encará-lo e mostrar-
-lhe que com violência não se soluciona nada, e ele entendeu.
Algo se quebrou em seu interior e ele chorou como um menino,
ajoelhado a meus pés, com a cabeça no meu colo, molhando
meus sapatos com suas lágrimas e me suplicando perdão, que
não o abandonasse agora, no momento que mais precisa. Sou
a única pessoa com quem ele se importa no mundo e a única
que pode ajudá-lo a sair do poço. "Você é forte, Bárbara, muito
forte, e preciso de você."

 Desta vez eu não estou errada. Pela primeira vez, sei
que posso encontrar uma fresta de luz e me agarrar a ela para
que me leve para longe daqui e me tire da escuridão. Sinto
que renasce a esperança que eu pensava ter perdido. Pressinto
que, finalmente, encontrarei a paz. E pego, precipitadamente,
o pouco de roupa que eu tenho e a coloco de qualquer maneira
em uma bolsa, pego o vidro de xampu, a escova de dentes, o
pente, a pranchinha de cabelo, a esponja, o esmalte e o creme
hidratante, e guardo tudo dentro, enquanto penso sou livre,
vou para longe daqui. E estou tão feliz que nem posso acreditar.

 De repente a porta se abre e entra uma mulher. Tem o
cabelo branco e está muito magra, tem rugas ao redor dos olhos
e está com uma faca na mão. Fica me olhando como se tivesse
visto um fantasma e então diz:

— Bárbara! – fico imóvel, sem reação. É minha mãe,
mas não a reconheci. Mudou tanto, está com o rosto magro e
a pele amarela, mas, apesar de tudo, parece mais alta, mais
forte, e neste momento sorri e volta a dizer:

— Bárbara – e suas pernas tentam correr em minha
direção, enquanto seus braços se abrem, querendo me abraçar. Mas não consegue. Ele está entre nós, e nem ela e nem eu
conseguimos nos tocar. Vejo os braços de minha mãe, com os

quais sonhei tantas noites, e desejo correr para ela e colocar minha cabeça em seu peito para escutar o tum-tum de seu coração e sentir a carícia de suas mãos tirando meus cabelos da testa, suas mãos quentes, tranquilizadoras, amorosas. Mas eu não consigo me mover, minhas pernas são respondem. Olho para ela horrorizada e procuro em seus olhos o desprezo, a vergonha, a rejeição. Não encontro nada disso. Por alguns segundos, que parecem eternos, me debato entre o desejo e o medo. Até que a voz dele quebra o silêncio.

— O que você está fazendo aqui? Jogue essa faca fora! – no entanto, minha mãe não lhe dá atenção, nem sequer olha para ele. Olha somente para mim, e sua voz passa por cima da dele, mais firme que a dele.

— Bárbara, venha para cá – diz. Mas a voz dele se sobrepõe, com um tom irônico.

— Você estragou tudo... já tínhamos resolvido tudo, não é mesmo, Bárbara? – e não sei qual dos dois devo escutar. Ele insiste. — Agora, por culpa da sua mãe, não tenho alternativa.

Parece que o mundo caiu em cima de mim. Não poderemos mais ir a nenhuma praia, não verei mais o mar, nem subirei no alto de uma montanha para ver o sol nascer.

— Vamos, Bárbara – insiste ela, com firmeza imprevista.

— Para onde é que nós vamos?, pergunto-me. Não tenho nenhum lugar para onde ir. Choro em silêncio.

— Ela não quer ir com você, não está vendo? – responde ele, agressivamente. E me pede que eu confirme. — Diga para ela que está aqui porque você quis assim.

Meu estômago vira. Não sei o que fazer. Tudo está cambaleando. Não sei onde me segurar e minha mãe está longe, é frágil, e não pode me dar a mão para eu sair deste esconderijo.

— Vá – digo a contragosto, como sempre fiz.

— Não irei, Bárbara – responde-me com firmeza. Então me irrito.

— Onde você esteve durante todo esse tempo? Por que não me tirou daqui há quatro anos? Por que deixou que ele me batesse, me violentasse, me matasse de fome, me humilhasse? – e então coloco para a fora a raiva que já tinha antes, quando pedia para que saísse de perto de mim ao me dar conta de que olhava para o outro lado e não queria enxergar o que estava acontecendo.

— Me deixa! – grito. — Você não pode entender. Saia daqui, de uma vez por todas!

Mas minha mãe não se intimida, não abaixa os olhos nem dá meia-volta ao ver que a rejeito. Em vez disso, dá um passo para frente e me oferece sua mão.

— Eu te entendo, sim, e te entendo muito bem. Claro que eu te entendo! Vem comigo – e fala isso seriamente, tão a sério que dou, inconscientemente, um passo em direção a ela, mas esbarrei nele e em suas palavras depreciativas, envenenadas.

— Você é patética, Nuria. É de dar dó. Você já se olhou no espelho? É uma velha fracassada, uma mãe terrível, seus filhos não respeitam você. Por acaso não está ouvindo sua filha pedindo para que vá embora? Não vá fazer nenhum número, me dá essa faca, volta lá para cima e me espera – ordena, seguro de si mesmo, de sua autoridade, de seu poder sobre minha mãe, que sempre o obedeceu em tudo.

Por alguns instantes, paro de respirar, angustiada, ao reconhecer as palavras que ouvi milhares de vezes. Palavras que anulam, que ferem, que marcaram minha mãe e eu e foram nos envenenando. Minha mãe sempre se rendeu, aceitou sua derrota e perdeu a batalha antes de começar. Vi minha mãe se calar infinitas vezes, baixar o olhar, chorar docemente e se render aos insultos. Não, mamãe não será mais forte que ele, é frágil.

— Afaste-se, Pepe, saia do meio de uma vez! – grita, então, minha mãe, subindo o tom de voz e dando um passo adiante, sem escutá-lo, sem se deixar intimidar, com a faca levantada e ameaçadora. Vejo que ele está tremendo, tão confuso quanto eu.

— Você está louca? Está me ameaçando? Não toque em mim! O que você pensa que vai fazer? Enfiar essa faca em mim? – minha mãe não lhe dá atenção e me oferece a mão esquerda por cima dele. Indiferente a ele. Vencedora absoluta deste duelo que eu presenciei tantas e tantas vezes.

— Vamos, Bárbara – me diz com serenidade. E eu, instintivamente, pego na sua mão e penso que está tudo certo, que está tudo terminado, que já fiz minha opção.

No entanto, ele reage com violência e sinto um puxão muito forte quando me agarra com as duas mãos e me joga contra a parede, com um empurrão. Sinto como meu corpo se estira, estala e cai. Fecho os olhos enquanto o grito de minha mãe ecoa na escuridão. Golpes e mais golpes, quer me arrebentar e me esmagar como uma ratazana, sinto suas botas me chutando as costelas, a barriga, as pernas. Tento me proteger com as mãos, como posso, até que um chute mais forte que os outros me acerta o peito e me despedaça a carne, como uma faca. E ouço também o grito de minha mãe lançando-se sobre ele e gritando que pare. E o grito de dor de meu pai, o grito de alguém machucado, e imagino que estão brigando, e sorrio porque minha mãe está me defendendo. Não estou sozinha, falo para mim mesma, há alguém que luta por mim, que não quer que me façam mal. De repente, outra vez o silêncio. Eu não gosto do silêncio. Não está mais batendo em mim, não ouço mais gritos, mas estou muito fraca, e sinto muita dor no peito. Tudo se escurece, está difícil respirar e penso que provavelmente, enfim, eu estou morrendo. E minha mãe? Onde está minha mãe?, pergunto-me. Então sinto uma mão que me segura com força e me aquece o coração. Faço um esforço e, ao abrir os olhos, vejo minha mãe agachada ao meu lado e sinto seus lábios beijando o meu rosto, molhando-me com suas lágrimas.

— Bárbara, Bárbara, não tenha medo, querida, está tudo acabado, agora. – e desta vez sim, acredito nela, porque sei que foi ela quem mudou e quem ganhou a partida.

Pouco antes de perder os sentidos, no entanto, vejo uma sombra que se levanta do chão, atrás de minha mãe, e me lembro do revólver que ele tinha deixado em cima da cama. Quero avisar minha mãe, tento adverti-la, esforço-me para mexer meus lábios. É inútil. Já não consigo falar.

28. Salvador Lozano

Salvador Lozano ouviu o primeiro disparo ao cruzar a porta que o leva até a adega. Cheguei tarde, condena-se, pessimista, enquanto xinga o GPS e pega a arma. Desce os degraus de quatro em quatro, correndo o risco de cair e rolar abaixo, mas, apesar de a escada ser estreita e dos seus 100 quilos, consegue manter certo equilíbrio e chegar justamente quando soa o segundo disparo. O silêncio é assustador e faz com que Lozano tema que a vítima do tiroteio esteja morta.

Bárbara? Nuria Solís? Estremece diante do espetáculo dantesco que aparece na sua frente, ao empurrar com um chute a porta da adega, adaptada para o esconderijo. Dá uma olhada geral. De pé, cambaleando perto de uma mesa encostada na parede, apoia-se Pepe Molina com o revólver na mão direita, enquanto luta com a mão esquerda para arrancar a faca de cozinha que está cravada no seu peito. No chão, protegendo com seu corpo o corpo da filha morta, jaz Nuria Solís, banhada em sangue, em decorrência dos tiros.

— Alto! – grita Salvador Lozano, com as pernas separadas e sua pistola fortemente agarrada com as mãos, sabendo que Molina não vai parar, apesar de sua advertência. E dispara na direção de Pepe Molina, antes que tenha tempo de apertar o gatilho outra vez.

Boa pontaria, pensa Lozano quando Pepe Molina recebe o impacto de sua bala e dá um grito de dor, virando-se para ele, ferido de morte ou somente ferido. Mas Lozano não presta atenção na mão de Pepe Molina que, antes de cair, consegue apontar o revólver para ele, desta vez, sim, a última bala.

Salvador Lozano sente uma dor pungente no estômago, coloca a mão na barriga e se dá conta de que a camisa amarela está manchada de sangue. O sangue sai rapidamente e molha o chão. Tapa a hemorragia como pode, caminha cambaleando até Pepe Molina e com um pontapé certeiro consegue tirar a arma de sua mão. Depois, abaixa-se fazendo uma careta de dor e pega a arma com cuidado. Molina parece morto, mas não acredita piamente. Lozano, ferido, continua se arrastando, pensando cheguei tarde, cheguei tarde. E se agacha perto da mulher que tem o braço ensanguentado. Ao aproximar os dedos do pescoço para verificar sua pulsação, Nuria Solís levanta a cabeça, abre os olhos, olha para ele e dá um sorriso.

— Bárbara está viva — diz sem reclamar de seus ferimentos, indiferente à dor. Lozano respira aliviado e faz um carinho no rosto de Nuria pelo valor que tem. É valente, foi muito valente e possivelmente tenha evitado a tragédia. A faca no peito de Molina não foi cravada sozinha. Salvador Lozano tira um peso de suas costas. As duas estão vivas, repete para si mesmo. E faz as comprovações, embora comece a fraquejar. Nuria Solís tem dois ferimentos de bala no braço esquerdo e Bárbara está com o corpo todo machucado e, talvez, uma costela quebrada tenha provocado seu desmaio. Salvador Lozano rasga um pedaço de sua camisa e ajuda Nuria a fazer um torniquete em seu braço. E a mulher, pela segunda vez em um mesmo dia, volta a lhe dizer a palavra que nunca ouve: obrigada.

Já ganhou muito. Sente-se bem pago embora se irrite por não ter conseguido chegar antes. Pelo menos conseguiu terminar o trabalho. Percebe que as pernas já não o sustentam mais e se deixa cair ao lado de Nuria Solís e Bárbara, com a mão apertada na barriga, que agora está vermelha de sangue. Em um instante de lucidez se dá conta de que é o fim. Sim. É uma perfuração de estômago fatal. Não tem remédio e sangrará sem solução. Deixou Eva lá fora, para que alertasse a patrulha que está a ponto de chegar. Tudo saiu muito bem, afirma para si mesmo, e se alegra. Bárbara está viva, Nuria Solís também, e ele encerrou o caso. Então sorri enquanto percebe que o coração está perdendo forças e os olhos se enchem de lembranças. E ele, quem diria, terá um belo final, suspira, um final heroico, apesar de nunca ter sido um herói. Pensando bem, saiu ganhando, pois foi poupado de comer aquela asquerosa sopa de abóbora e não teve de fazer o discursozinho para cumprir o protocolo diante dos 30 bobos embriagados sem vontade alguma de escutá-lo. Terão se lembrado da mãe de Sureda, pensa, alegre. Agora respira com dificuldade, mas já não sofre. Está indo, a vida está indo definitivamente, mas viveu profundamente, tal qual ele queria viver e, além disso, afirma para se consolar, não queria se aposentar e assim não terá de quebrar a cabeça, procurando um estúpido para matar as horas e ver o tempo passar. Sua mulher não sofrerá vendo-o encolher em uma poltrona como um velho. E os filhos e os netos ficarão orgulhosos dele, que morreu em um ato no trabalho. E vão condecorá-lo. Colocarão uma medalha sobre seu caixão. E isso e o pagamento da pensão por viuvez e sua ficha limpa serão as lembranças que deixará para sua família. O que mais eles podem querer?

Nuria Solís percebe que ele está agonizando e se ajoelha a seu lado, procurando conter a hemorragia. — Daqui a pouco chegará uma ambulância e você ficará bem, – mente piedosamente. Ele não a contradiz. Tanto faz, caso chegue uma ambulância, ele já estará morto. Não é tão difícil aceitar que uma pessoa se vá deste mundo, pensa. Principalmente quando cumpriu os deveres e conseguiu tirar os espinhos de um caso sem resolver. Pede a Nuria que deixe ver Bárbara e Nuria Solís consente, levanta a cabeça da jovem, cheia de ferimentos, mas serena. É jovem, bonita e está viva, afirma para si mesmo. Ela sim tem um futuro pela frente e, se for forte, conseguirá superar e quem sabe esquecer tudo isso. Suspira e observa que suas mãos e suas pernas estão tremendo, agonizando.

— Que horas são? – pergunta, de repente, a Nuria Solís, porque o braço já não obedece e os olhos já não conseguem mais ver os ponteiros do relógio.

— Faltam quatro minutos para a meia-noite – responde Nuria.

— Bingo! – comemora em silêncio, enquanto seu coração se enche de emoção. E ainda tem fôlego para murmurar as últimas instruções a Nuria Solís.

— Quando forem reconstituir os fatos, conte para todos que eu entrei nesta adega antes da meia-noite. Você se lembrará disso? É importante – Nuria Solís o tranquiliza e aperta a mão de Salvador Lozano, que pensa o quanto é agradável o fato de ser uma mulher quem segura sua mão nesse momento. Assim, não se sente tão só. Prefere a mão de Nuria Solís à mão de Sureda, reconhece. Imagina-o impressionado, entrando pela porta e inaugurando seu primeiro caso com o cadáver de seu antecessor. Que sorte tem esse filho da mãe, nasceu com uma estrela. Uma esposa esperta, 31 aninhos de nada, e iniciará sua carreira entrevistado por todos os noticiários televisivos e encerrando um caso que deixou o país em xeque durante quatro anos. Deixo o cargo de mão beijada, lamenta. E, então, começa um pequeno acesso de tosse, ou melhor, de risos. Mas a medalha será para seu cadáver, diverte-se, ainda que seja comida pelos ratos.

O Sureda que se dane!, suspira, zombador, antes de dirigir seu último pensamento para sua esposa, que o aguentou por tantos anos e que, no fim das contas, como sempre, tinha razão. Ela o tinha avisado que a camisa amarela não era adequada para essa noite. Quem diria, Salvador Lozano morrerá como Monsieur Molière, de amarelo e no palco.

Todos nós sabemos: as mulheres sempre têm razão.

AGRADECIMENTOS

A tarefa do escritor é escrever, mas, em muitos casos, não poderia fazer isso sem a ajuda inestimável de outras pessoas. Adentrar o terreno das investigações policiais e dos abusos sexuais não teria sido possível sem a colaboração do inspetor Jordí Doménech, responsável pela *Área de Investigación-Personas*, da *División de Investigación Criminal de los Mossos d'Esquadra*; de Pilar Polo, psicóloga especialista em abusos sexuais e responsável pela *Formación de la Fundación Vicki Bernadet*; e do inspetor Xavier Hernández de Linares, responsável pela *Unidad Territorial de la Policía Científica de los Mossos d'Esquadra*. Sua vasta experiência, suas lúcidas observações e seus excelentes conselhos me permitiram elaborar a história que hoje vocês têm em mãos. Obrigada aos três pelo tempo dedicado, pela amabilidade e pela sabedoria.

Mil agradecimentos aos leitores que tiveram a paciência de ler os primeiros rascunhos, que criticaram as falhas, me presentearam com ideias brilhantes e me animaram a continuar tentando. Júlia Prats, Marce Redondo, Marta Carranza e Mireia de Rosselló foram pessoas que me ajudaram a concretizar os personagens, a corrigir os erros e a conseguir a verossimilhança que eu buscava.

Meus agradecimentos a Anna Solé, minha agente literária, pela energia e pela fé em meu projeto.

Meus agradecimentos, também, sinceramente, aos membros do Jurado do Prêmio EDEBÉ de Literatura Juvenil, que apostaram nesta arriscada história.

E, por último, meus agradecimentos à editora Reina Duarte, que com seu impecável profissionalismo e seu entusiasmo contribuiu para a melhoria do texto, para a tradução e para conseguir uma magnífica edição.

Leia um trecho do sucesso da
EDITORA NOVO CONCEITO

Morte e vida de Charlie St. Cloud

BEN SHERWOOD

INTRODUÇÃO

EU ACREDITO EM MILAGRES.

Não somente nas maravilhas da criação, como meu filho recém-nascido em casa sendo amamentado nos braços da minha esposa; ou nas majestades da natureza, como o sol se pondo no horizonte. Estou falando dos verdadeiros milagres, como transformar água em vinho ou trazer pessoas de volta da morte.

Meu nome é Florio Ferrente. Meu pai, um bombeiro, me batizou em homenagem a São Floriano, o padroeiro da nossa profissão. Como meu pai, eu trabalhei a vida toda na Companhia número 5, na Rua Freeman, em Revere, Massachusetts. Eu fui também um humilde servo de Deus, que ia aonde o Senhor me enviava, salvando as vidas que Ele queria preservar. Pode-se dizer que eu fui um homem com uma missão, e tenho orgulho do que fazia a cada dia.

Às vezes, chegávamos a um incêndio tarde demais para fazer a diferença. Nós jogávamos água no telhado, mas a casa queimava mesmo assim. Outras vezes, conseguíamos fazer o trabalho, protegendo vidas, bairros inteiros, e vários animais de estimação. Claro, aqueles cães e gatos me mordiam e arranhavam, mas eu fico feliz de ter trazido cada um deles pela escada dos bombeiros.

A imagem que a maioria das pessoas tem de nós é carregados de equipamentos, correndo para dentro de construções em chamas. E é isso mesmo. Essa é uma profissão séria. Porém, nos momentos mais tranquilos, também temos nossas horas de alegria. Podemos mandar um colega voando pelos ares com um jato da mangueira de pressão, e deixamos as nossas esposas loucas quando plantamos hidrantes velhos e enferrujados ao lado dos gerânios em nosso quintal. Nós temos mais caminhões de bombeiro de brinquedo que nossos filhos, e nossas discussões sobre a melhor cor para os veículos de emergência são acaloradas. Pessoalmente, ainda prefiro o bom e velho vermelho a esse amarelo-neon feio que usam hoje em dia.

Acima de tudo, contamos histórias, do tipo que nos fazem desligar a TV, reclinar as poltronas e relaxar.

Esta que segue é a minha favorita. Envolve o que aconteceu há treze anos na ponte levadiça General Edwards, não muito longe da estação de tijolos vermelhos, que é como um lar para mim. Não foi a primeira vez que tivemos de correr até lá para tirar pessoas das ferragens em acidentes ou para resgatar quem havia sido atropelado na faixa de pedestres.

Minha primeira viagem à ponte aconteceu durante a nevasca de 1978, quando um senhor não percebeu a luz vermelha que avisava que a ponte iria se elevar. Ele atravessou a barreira, decolou por sobre a borda da ponte e ficou submerso dentro de seu Pontiac por 29 minutos. Nós sabíamos disso, porque esse foi o tempo que passou desde que o relógio dele parou até o momento em que os mergulhadores conseguiram retirá-lo de debaixo do gelo. Ele estava com a pele azulada e rígida por causa do frio, sem pulsação, e eu coloquei as mãos à obra para reanimá-lo, dando-lhe de volta um sopro de vida. Em alguns segundos, a pele dele voltou a ficar rosada e seus olhos piscaram, abrindo-se. Eu tinha uns 24 anos de idade, e aquela foi a coisa mais maravilhosa que eu já havia visto.

O jornal *Revere Independent* disse que foi um milagre. Eu prefiro pensar que foi a vontade de Deus. Nesse tipo de trabalho, a verdade é que você tenta esquecer a maior parte das emergências, especialmente as tristes, em que as pessoas morrem. Se você tiver sorte, elas se dissolvem em um grande borrão no seu cérebro. Porém, há alguns casos que você nunca consegue tirar da cabeça. Eles o acompanham por toda a vida. Contando a história daquele senhor que caiu no gelo, eu tenho três.

Quando era novato, carreguei o corpo inerte de uma menina de 5 anos durante um incêndio infernal na Squire Road, que chegou a mobilizar três esquadrões de bombeiros. Seu nome era Eugenia Louise Cushing, e estava coberta de fuligem. Suas pupilas estavam contraídas, ela não respirava e era impossível detectar a sua pressão arterial, mas eu continuei tentando reanimá-la. Mesmo quando o examinador médico na cena declarou sua morte e começou a preencher a papelada, eu continuei com os procedimentos. Aí, repentinamente, a pequena Eugenia sentou-se na maca, tossiu, esfregou os olhos e pediu um copo de leite. Foi meu primeiro milagre.

Eu peguei o certificado de óbito amarrotado de Eugenia do chão e o guardei na minha carteira. Ele está em pedaços hoje, mas eu o guardo como uma lembrança de que qualquer coisa é possível neste mundo.

Isso me leva ao caso de Charlie St. Cloud. Como eu disse, a história começa com uma calamidade na ponte levadiça sobre o rio

Saugus, mas a história não é só isso. Também há bastante devoção e o elo indestrutível entre irmãos. É também sobre encontrar a sua alma gêmea onde você menos espera. É sobre uma vida que foi tirada cedo demais e amores perdidos. Algumas pessoas diriam que é uma tragédia, e eu entendo. Mas sempre tentei achar o lado positivo nas situações mais desesperadoras, e é por isso que a história desses garotos permaneceu comigo.

Você pode achar que se trata de ficção, ou até mesmo que seja impossível de acontecer. Acredite em mim: eu sei que todos nós nos agarramos à vida e às suas certezas. Não é fácil, nestes dias de ceticismo, tirar a dureza e as barreiras que nos ajudam a enfrentar o dia a dia. Mas experimente, nem que seja só um pouco. Abra seus olhos e você verá o que eu consigo ver. E se já se perguntou o que acontece quando uma pessoa próxima de você é levada cedo demais – e isso sempre acontece cedo demais –, pode ser que você encontre outras verdades aqui; verdades que podem diminuir a pressão da tristeza na sua vida, que podem libertar você da culpa, que podem até trazer você de volta para este mundo – qualquer que seja o lugar onde você se esconda. E aí você nunca se sentirá só.

A maior parte dessa história acontece aqui, na pequena e confortável cidade de Marblehead, Massachusetts, um pedaço de rocha que se projeta sobre o Atlântico. Já está quase na hora de o sol se pôr. Eu estou no antigo cemitério da cidade, em uma colina inclinada onde dois chorões e um pequeno mausoléu guardam a vista para o porto. Veleiros puxam as cordas que os prendem ao cais, gaivotas voam para todos os lados, e alguns garotos lançam suas linhas de pesca na doca. Algum dia, eles irão crescer para fazer *home runs*[1] e beijar garotas. A vida continua, infinita e irreprimível.

---

1   Jogada do beisebol em que o rebatedor consegue rebater a bola com tamanha força e precisão que ela é lançada para fora da área de jogo. (N. do T.)

Não muito longe, vejo um velho senhor de cabelos cacheados colocando um ramalhete de malvas-rosa na sepultura de sua esposa. Um historiador copia as informações de uma lápide em um pedaço de papel. As fileiras de monumentos alcançam até uma pequena enseada. Quando eu era criança, aprendi que, há muito tempo, os primeiros patriotas da América usavam esse morro para espionar os navios de guerra da Inglaterra.

Vamos começar voltando 13 anos no tempo, para setembro de 1991. Na sala de recreação do quartel dos bombeiros, tomávamos algumas tigelas do famoso *spumoni* da minha esposa, discutindo sobre Clarence Thomas, e torcendo para o Red Sox, que estavam dando uma surra nos Blue Jays. Aí ouvimos a sirene, corremos para o caminhão e saímos para a rua.

Agora, vire a página, junte-se a nós no caminhão, e deixe que eu lhe conte sobre a morte e a vida de Charlie St. Cloud.

UM

Charlie St. Cloud não era o melhor ou o mais inteligente dos garotos do condado de Essex, mas ele certamente era o mais promissor. Ele era o vice-representante de sua sala de aula, jogava na defesa do time de beisebol – os Marblehead Magicians – e era cocapitão do clube de debates. Com uma covinha marota em uma das faces, nariz e testa cobertos de sardas por causa do sol e olhos cor de caramelo escondidos por trás de uma franja loira, ele já era bonito aos 15 anos de idade. Ele era amigo tanto dos atletas quanto dos *nerds* da escola, e namorava uma menina que estava um ano à frente dele na escola. Sim, Charlie St. Cloud era um garoto abençoado, rápido em mente e corpo, destinado para coisas boas, talvez até mesmo uma bolsa de estudos em Dartmouth, Princeton, ou alguma outra faculdade de prestígio.

A mãe dele, Louise, celebrava cada uma de suas conquistas. Realmente, Charlie era tanto a causa quanto a cura das decepções da vida de sua mãe. Os problemas haviam começado no momento em que ele foi concebido, uma gravidez indesejada que fez com que o homem que ela amava – um carpinteiro de mãos habilidosas – a abandonasse rapidamente. Depois, foi a vez da jornada de Charlie para este mundo, obstruída em algum lugar do corpo da mãe que necessitou de uma longa cirurgia para poder dar à luz o garoto. Logo, um segundo filho chegou, de um outro pai desaparecido, e os anos se passaram em uma batalha infindável. Mas, mesmo com todas essas dificuldades, Charlie fazia a dor sumir com aqueles olhos brilhantes e seu otimismo. Ela veio a gostar dele como o seu anjo, seu mensageiro de esperança, e ele nunca faria nada de errado.

Charlie cresceu rápido, estudou muito, cuidava de sua mãe e adorava seu irmão menor mais do que qualquer pessoa no mundo. Seu nome era Sam, e o pai do pequeno – um financista – também havia desaparecido, sem deixar qualquer rastro, a não ser pelos cabelos encaracolados de seu filho e alguns hematomas escuros no rosto de Louise. Charlie acreditava que ele era o único protetor verdadeiro de seu irmão menor, e que, algum dia, juntos, eles seriam importantes no mundo. Os garotos tinham três anos de diferença, de complexão e destreza opostas, mas eram ótimos amigos, unidos em seu amor por pescar, subir em árvores, por um beagle chamado Oscar e pelo Red Sox.

Então, um dia, Charlie tomou uma decisão desastrosa, um erro que a polícia não conseguiu explicar e o juizado de menores fez de tudo o que podia para deixar passar.

Para ser mais preciso, Charlie arruinou tudo na sexta-feira, 20 de setembro de 1991.

A mãe deles estava trabalhando no turno da noite no supermercado Penni's, na Rua Washington. Os garotos chegaram da escola com travessuras em mente. Eles não teriam de fazer lição de casa até a noite de domingo. Já tinham ido espionar as gêmeas Flynn no quarteirão de baixo. Tinham pulado a cerca e se esgueirado para dentro da propriedade do refugiado da República Tcheca que dizia ter inventado a bazuca. Ao pôr do sol, eles estavam praticando arremessos com a bola de beisebol sob os pinheiros do seu quintal na Alameda Cloutman, como faziam toda noite desde que Charlie havia dado a Sam a sua primeira luva Rawlings em seu aniversário de sete anos. Mas já estava escuro, e eles já tinham esgotado as possibilidades de aventura.

Sam poderia ter sossegado no sofá para assistir ao videoclipe "Wicked Game", de Chris Isaak, na MTV, mas Charlie tinha uma surpresa. Ele queria ação e tinha o plano perfeito.

CONHEÇA OS CLÁSSICOS DA
EDITORA NOVO CONCEITO

AME O QUE É SEU
EMILY GIFFIN

À PROCURA DA FELICIDADE
CHRIS GARDNER

BEIJADA POR UM ANJO
ELIZABETH CHANDLER

COMO MANIPULAR PESSOAS
ROBERT-VINCENT, et al

MORTE E VIDA DE CHARLIE ST. CLOUD
BEN SHERWOOD

NA MINHA PELE
KATE HOLDEN

O ASSASSINATO DE JESSE JAMES PELO COVARDE ROBERT FORD
RON HANSEN

O QUE OS HOMENS NÃO CONTAM SOBRE NEGÓCIOS PARA AS MULHERES
CHRISTOPHER V. FLETT

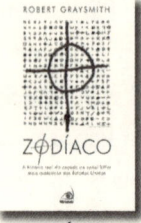

ZODÍACO
ROBERT GRAYSMITH

COLEÇÃO NICHOLAS SPARKS

A ÚLTIMA MÚSICA

DIÁRIO DE UMA PAIXÃO

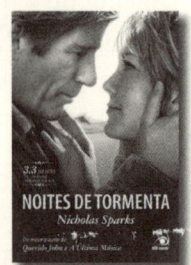

NOITES DE TORMENTA

QUERIDO JOHN

Impressão e Acabamento RR Donnelley